촌부 新무협 판타지 소설

FANTASTIC ORIENTAL HEROES

천애협로 4

촌부 新무협 판타지 소설

초판 1쇄 찍은 날 § 2011년 10월 13일
초판 1쇄 펴낸 날 § 2011년 10월 20일

지은이 § 촌부
펴낸이 § 서경석

편집부장 § 권태완
편집책임 § 주소영

펴낸곳 § 도서출판 청어람
등록번호 § 제1081-1-89호
등록일자 § 1999. 5. 31
어람번호 § 제2-2163호

주소 § 경기도 부천시 원미구 심곡2동 163-2 서경B/D 3F (우) 420-822
전화 § 032-656-4452 팩스 § 032-656-4453
http://www.chungeoram.com
E-mail § chungeoram@chungeoram.com

ⓒ 촌부, 2011

ISBN 978-89-251-2653-1 04810
ISBN 978-89-251-2651-7 (세트)

※ 파본은 구입하신 서점에서 교환하여 드립니다.
※ 저자와 협의하여 인지를 붙이지 않습니다.
※ 이 책은 도서출판 청어람과 저자자의 계약에 의해 출판된 것이므로,
  무단 전재 및 유포 · 공유를 금합니다.

제1장	혈전(血戰)	7
제2장	이별(離別)	39
제3장	태행마도(太行魔刀)	67
제4장	그대들이 강호인가?	99
제5장	모녀(母女)	139
제6장	상처(傷處)	165
제7장	도천존(刀天尊) 단천화(段錻和)	191
제8장	버릇없지만 쓸 만한 놈	233
제9장	서신	259
제10장	무슨 관계냐?	283

第一章
혈전(血戰)

1

 물기를 머금은 바람이 풀잎을 희롱했다. 견디지 못하고 하늘 끝까지 떠오른 풀잎이 초우(草雨)가 되어 내렸다.
 하늘하늘 떨어지는 풀잎처럼 소량의 호흡도 느려졌다. 소량은 어쩌면 자기가 풀잎이 되어 바람을 타고 노는 것일지도 모른다고 생각했다.
 "허, 참."
 소량의 옷깃이 저절로 부풀어 펄럭이자, 곽서문이 미간을 찌푸렸다. 조금 전까지만 해도 아무런 기척을 느끼지 못했는데, 지금은 깜짝 놀랄 만한 기세를 뿜어내지 않는가!

"그 나이에 반박귀진(返撲歸眞)의 경지에 들었을 리는 없을 터인데."

곽서문의 눈빛에 경계심이 떠올랐다.

호랑이는 토끼를 사냥할 때에도 최선을 다한다고 했던가? 본래 곽서문은 누구를 상대하든 조금의 방심도 하지 않는 사람이었다. 이길 수 없는 싸움은 아예 시작하지도 않는다.

"기공(奇功)을 익혔던가?"

소량은 대답 대신 눈을 지그시 감았다.

가진바 모든 기운을, 아니, 그 이상의 기운을 발했는데도 곽서문을 감당할 자신이 없었다. 할머니의 염려대로 그의 무학은 아직 성취를 이루지 못했던 것이다.

'내게 강은 없고 유만이 있다고 했던가.'

소량이 이를 뿌득 깨물며 상념을 지워냈다.

'아니, 지금은 그런 생각을 할 때가 아니야.'

지금과 같은 세불리(勢不利)한 상황에서 유선을 구하려면 속전속결밖에 답이 없다. 깊이 생각할 여유가 없는 것이다.

"후우—"

격랑처럼 일렁이던 소량의 마음에 평정심이 되돌아왔다.

곽서문이 혀를 두어 번 찼다.

'허! 여동생이 위험함을 알면서도 동요치 않는다? 나이도

어린놈이 심계가 깊구나.'

가볍게 보보를 내딛는 모습도 여간 이상해 보이는 것이 아니다. 곽서문은 저도 모르게 잡혀 있는 유선을 돌아보았다.

'속전속결, 동생부터 구하려는 것일 터.'

곽서문이 유선에게서 시선을 떼지 않은 채 명령했다.

"혈검삼대주(血劍三隊主)는 들어라. 신모께서 어디 계신지 알기 전에는 어린 계집을 살려두어야 할 것이나, 만약 여의치 않거든 차라리 목을 베도록 하……."

쐐애액―!

바람을 찢고 무언가가 쇄도하는 소리가 들려왔다. 그 속도가 어찌나 쾌속한지, 무엇이 날아오는지 보이지도 않을 정도였다.

"커헉!"

그와 동시에 유선을 잡고 있던 흑의인이 비명을 토해내며 뒤로 튕겨났다.

다른 이들은 알아차리지 못했지만, 곽서문은 소량이 돌멩이를 던져 흑의인의 어깨를 꿰뚫어 버렸다는 것을 알 수 있었다.

그것이 신호가 된 것일까?

장내에 가득 찬 흑의인들이 소량에게로 쏘아졌다.

소량은 흑의인들을 흘끗 보고는 버럭 고함을 질렀다.

혈전(血戰) 11

"유선! 뒤로 물러나라!"

"크, 큰오빠!"

당황한 유선이 뻣뻣이 굳은 채 소량을 불렀다. 어쩌면 그것은 깜짝 놀랐기 때문일지도 모른다. 소량은 가장 앞선 흑의인의 검을 사뿐히 밟고 앞으로 쏘아지고 있었던 것이다.

그야말로 깜짝 놀랄 경신의 공부였다.

"헉! 이 무슨……!"

달려들던 흑의인이 놀란 얼굴로 외쳤다.

"뒤로 물러나라는 말을 듣지 못했느냐, 유선!"

소량이 재차 고함을 지르자, 그제야 정신을 차린 유선이 몸을 돌려 달음박질을 치기 시작했다.

그 뒤로 곽서문의 느릿한 목소리가 울려 퍼졌다.

"쯧쯧. 그렇게 서두르지 말게, 소형제. 대화를 좀 더 나누어 보는 것도 괜찮지 않겠나."

평온한 목소리와는 달리, 곽서문의 신형은 번개처럼 유선을 향해 쏘아지고 있었다. 흑의인들의 벽에 가로막힌 소량에게는 당혹스러운 일이라 할 수 있었다.

소량은 유선과 곽서문, 그리고 자신의 목을 노리고 초식을 펼치는 흑의인들을 번갈아 훑어보고는 짧게 혀를 찼다.

"칫!"

목을 노리고 날아오는 검을 피해 바닥으로 뛰어든 소량이 두 바퀴를 데굴데굴 구르더니 벌떡 일어났다.

쐐애액—!

또다시 무언가가 쇄도했다.

"놈! 잔재주가 보통이 아니로구나!"

유선을 잡으려던 곽서문이 경호성을 내뱉으며 일장을 휘둘렀다. 가벼운 듯 앞으로 나서던 장이 권으로 바뀌자, 그의 코앞까지 다가왔던 돌멩이가 퍼석 깨어져 버렸다.

손끝이 저릿해지는 느낌에 곽서문의 눈이 휘둥그레 커졌다.

'하! 경력이 실려 있다? 저 나이에?'

곽서문의 마음속 깊숙한 곳에서 한차례 격동이 일어났다. 도대체 진무신모 유월향이 누구이기에! 도대체 어떤 재주를 가지고 있기에 저와 같은 아이를 길러낼 수 있단 말인가!

그사이에도 소량은 멈추지 않았다. 자신을 지나쳐 유선에게로 달려드는 소량의 모습에 곽서문의 얼굴이 잔뜩 구겨졌다.

"놈!"

곽서문의 손길이 번개처럼 허리춤으로 향하더니, 이내 비도 한 자루가 유선에게로 날아갔다.

"유선아!"

등 뒤에서 섬뜩한 살기가 느껴지자, 소량은 달려가는 그대로 유선을 안고 넘어졌다.

"꺄아악!"

소량의 머리 위로 비도가 지나가자 유선이 비명을 토해냈다.

나뒹군 소량과 유선 위로 차가운 바람이 불었다.

휘이잉―

'놓쳤는가?'

곽서문의 표정이 일그러졌다. 눈 깜짝할 새에 소량은 여동생의 안위를 확보하는 데 성공한 것이다. 곽서문도, 흑의인들도 입을 열 수가 없었다.

"흑, 흐흑. 큰오빠, 으아앙!"

유선이 소량의 품에 얼굴을 묻으며 울음을 터뜨렸다. 무서워도 꾹 참고 있었는데, 안심이 되고 나니 울음을 참을 수가 없다. 유선은 소량의 옷자락을 잡아당기며 얼굴을 비볐다.

"조, 조금만 더 빨리 구해주지! 얼마나 놀랐는데! 얼마나 무서웠는데! 흑, 흐흑."

평소와 똑같은 말괄량이 같은 모습에 소량은 헛웃음을 머금고 말았다. 겁을 집어먹을 대로 집어먹은 주제에 빨리 구하러 오지 않았다고 탓하고 있는 것이다.

하지만 그 안에는 두려움과 안도감, 그리고 믿음이 함께 뒤섞여 있었다. 이제 큰오빠가 왔으니 걱정할 것 없다는 듯, 유선은 애써 울음을 삼켰다.

"어, 얼마나 무서웠다고! 정말……."

"그래, 그래서 이렇게 왔잖느냐. 이제는 걱정할 것 없다, 걱정할 것 없어."

자리에서 일어난 소량이 유선을 품에서 놓아주었다.

소량이 몸을 돌리자, 유선은 그 뒤에 숨어 눈물을 닦고는 흑의인들에게 혀를 쏘옥 내밀었다.

"흥! 나중에 무릎 꿇고 나한테 빌게 될 것이라고 말했었지? 이제 우리 큰오빠가 왔으니 너희는 큰일 났다! 얼른 잘못했다고 빌지 않으면 큰오빠가 너희를 조사 버릴 거야!"

"허!"

곽서문이 기가 막힌다는 듯 탄식을 토해냈다. 이제 갓 열 살가량이나 되었을까. 그것도 사내아이가 아니라 계집아이다. 보통 아이였다면 지금쯤 울고불고 난리가 났으리라.

하지만 유선이라는 계집아이는 당당하기 짝이 없었다. 믿는 것이 있는 탓이기도 하겠지만 배짱이 워낙에 두둑한 탓이기도 할 터였다.

"허허허! 신모여, 그대가 기른 아이들은 정말로 대단하구려! 어찌 저처럼 어린아이조차 간담이 이리 큰지……. 다만 아이야, 나는 웅천부 태생이라 조사 버린다는 말은 알지 못한단다. 그게 무슨 뜻이더냐?"

곽서문이 즐거워 죽겠다는 듯한 목소리로 말했다.

유선이 콧방귀를 뀌며 까불거렸다.

"흥! 조사 버린다라는 말은 곧 죽도록 맞게 될 거라는 뜻인데, 그것도 모르다니. 앞으로 배워야 할 것이 많겠구나? 나를 누나라고 부르면 내가 앞으로 잘 가르쳐 주지!"

"무어라? 허허허!"

곽서문이 또다시 웃음을 터뜨렸다.

하지만 흑의인들의 얼굴은 딱딱하게 굳어가고 있었다. 어린 계집이 천지 분간도 하지 못하고 감히 사망객 곽서문을 조롱하고 있는 것이다.

"어릴 적부터 잘 배우지 못한 것을 보면 조실부모한 것이 분명하니, 내가 누나가 되어……."

"유선!"

유선이 재차 약을 올리자 소량이 엄한 목소리로 외쳤다.

무학에 갓 입문한 유선이 보기에는 어떨지 모르겠지만, 곽서문이라 불린 노인은 그가 전력을 다해도 생사를 장담할 수 없는 고수인 것이다.

소량의 목소리에 유선은 입을 꾸욱 다물었다. 그래도 혓바닥을 쏙 내밀어 날름거리는 것을 잊지 않는 유선이었다.

"여동생을 돌려받았으니 한 가지만 여쭙겠습니다."

유선이 조용해지자 소량이 입을 열었다. 유선을 구했으니 이제 할머니의 행방을 알아볼 차례였다.

"신모라는 분은 어찌하여 찾으시는 것입니까?"

곽서문의 눈가가 반짝 빛났다. 만약 신모와 한두 마디라도 대화를 나누었다면 자신들의 정체를 알고 있을 텐데, 소년은 아무것도 모른다는 듯 질문하고 있는 것이다.

"이 자리에 있는 시신과 의복이 같으니 한패일 터. 당신들은 누구이며 또한 무슨 목적으로 무창을 찾으신 것입니까?"

"허허허!"

곽서문의 눈빛이 섬뜩하게 빛났다.

"이제야 알겠구나. 신모는 근처에 없는 것이로군?"

"……."

"무학만 보자면 노강호 같더니, 이제야 비로소 초출인 태가 나는구먼. 강호에서 혀를 함부로 놀렸다가는 어찌 되는지도 배우지 못한 게지, 쯧쯧."

곽서문의 입가에 서늘한 미소가 어렸다. 마지막까지 남아있던 제약, 가장 큰 제약이 풀렸다. 진무신모가 없다면 인질을 삼을 필요도, 사성을 봐줄 필요도 없는 것이다.

'어린 나이임에도 제법 경지에 이른 놈이다. 살려둔다면

혈마곡의 큰 적이 될 터, 이 기회에 반드시 죽여야 한다.'

소량이 보인 신위를 떠올린 곽서문이 살기를 일으켰다.

"혈류마라진을 펼쳐라. 정리하고 신모를 찾아뵈어야겠다."

"존명!"

흑의인들이 조그맣게 외치며 소량에게로 다가왔다. 자신이 무언가 실수했다는 생각에 얼굴이 흑색이 되어 있던 소량이 길게 한숨을 토해냈다.

"유선아, 잠시만 자고 있어라."

"큰오빠, 그게 무슨 소리야?"

"깨어나면 모든 것이 다 안정되어 있을 것이다."

유선이 의아한 얼굴로 소량을 바라보았다. 소량이 한없이 따듯한 애정이 담뿍 담긴 시선으로 희미하게 웃고 있었다.

유선은 갑자기 마음이 편안해지는 것을 느꼈다.

"응, 큰오빠. 하지만 나 잠이 오지 않는데 어떻게 잠을……."

픽 소리와 함께 유선이 앞으로 스르르 무너졌다. 소량은 유선의 수혈(睡穴)을 짚어버린 것이다.

소량은 유선을 받아 안고는 천천히 자리에 뉘였다.

그사이, 마침내 혈류마라진이 완성되었다. 네 명씩 원을 그린 흑의인들이 포위하듯 둘러쌌지만, 소량은 그에는 관심없는 듯 헛웃음을 지었다. 잠에 빠져든 유선의 얼굴을 조용히 내려다보던 소량이 그녀의 앞머리를 쓰다듬어 주었다.

"녀석, 자는 모습은 어릴 적과 변한 것이 없구나."

소량은 유선의 아기 시절을 똑똑히 기억하고 있었다. 아장아장 기는 모습부터, 처음으로 걸음마 하던 모습까지 전부.

그때는 갓난아기가 기는 것이 당연하다는 것을 몰랐었기 때문에 유선의 다리가 잘못되어 걷지 못하는 것인 줄로만 알고 얼마나 울었는지 모른다.

유선의 머리를 쓰다듬던 소량이 천천히 몸을 일으켰다.

'걱정하지 마라. 내 반드시 구해줄게.'

소량의 시선이 흑의인들에게로 향했다.

'유를 먼저 깨쳤을 뿐 강을 모른다, 유를 먼저 깨쳤을 뿐.'

이제는 억지로라도 강을 알아야 하리라. 석의 수가 많거니와 그 수장의 무위가 가늠조차 할 수 없을 지경이니 흐르는 것만으로는 상황을 모면하기 어려운 것이다.

말 그대로 살검을 펼칠 수밖에 없는 상황이 되고 말았다.

"아직 경지에 이르지 못하여……."

소량이 차가운 목소리로 중얼거렸다.

"당신들의 목숨을 보존할 방법을 알지 못합니다. 죽이고 싶지 않습니다. 모두 물러나십시오."

소량의 눈빛은 착 가라앉아 있었다.

곽서문이 비웃듯 소량을 바라보았다.

"방금 전의 한 수는 제법 인상 깊었네만… 알고 보니 소형제는 오만한 데가 있군. 한 손으로 열 손을 감당할 정도의 무위를 가지고 있다고 여기는가?"

말로는 소량을 경시하지만, 알고 보면 그를 잔뜩 경계하는 곽서문이었다. 소량은 곽서문에게서 시선을 떼어 흑의인들을 둘러보았다.

"거듭 말합니다. 죽이고 싶지 않습니다. 모두 물러나십시오."

스르릉—

흑의인들 틈에서 도명이 울려 퍼졌다.

혈륜마라진이 개진되자 말 그대로 도산검림(刀山劍林)이 열렸다. 살기 때문인지 전신에 소름이 돋았다.

2

유선을 도망시킬 수 있다면 좋았을 텐데, 상황은 그를 허락하지 않았다. 흑의인 중 한 명이라도 소량의 시선을 피해 습

격에 성공한다면 유선은 꼼짝없이 죽은 목숨인 것이다.

결국 수혈을 짚어 유선을 재워놓는 수밖에 없었다. 그녀를 보호해야 하니, 소량의 행보 역시 제약을 받게 되었고 말이다.

반면 혈륜마라진에는 이로운 것뿐이었다.

상대가 함부로 움직일 수 없거니와 공터에 가까운 빈 땅이니 진법을 펼침에 구애됨이 없다.

여차하면 잠든 여아를 베어 상대의 심력을 흩을 수 있으니 이보다 이로울 수가 없는 것이다.

아니나 다를까, 혈륜마라진의 일류는 소량보다 먼저 유선을 노리고 쏘아졌다.

마지막 순간, 소량은 가장 앞선 흑의인의 눈을 주시했다.

'정말 죽여야 하는가?'

유선의 맑은 눈과는 대비되는 검푸른 눈이었다. 살인을 즐기는 사람의 눈이 녹색 빛을 띠더라는 할머니의 경험담을 떠올린 소량이 이를 뿌드득 갈며 몸을 뒤집었다.

철판교(鐵板橋)의 수법으로 허리를 눕힌 소량이 철검을 곧게 찌르는가 싶더니, 그를 중심축으로 삼아 몸을 회전했다.

"큭!"

유선을 노리고 덤벼들었던 흑의인이 대경히여 뒤로 물러났다. 차륜을 기반으로 한 진법답게 곧 다른 흑의인이 덤벼들었지만 말이다.

"물러나라 하지 않았소!"

소량이 노호성을 지르며 이번에는 철검을 두어 바퀴 회전했다. 선검운풍(仙劍運風)의 초식이었다.

마지막의 마지막 순간까지 망설인 탓에 소량의 철검은 흑의인의 목을 베어내는 대신 그의 팔만을 베어내고 말았다.

"크, 크아악!"

오른팔이 사라져 버린 흑의인이 뒤로 물러났다.

저만한 나이에 어찌 이럴 수가 있는가!

혈륜마라진 전체가 잠시 주춤했다. 한 걸음 뒤로 물러났던 이륜이 기세를 정비하여 다시금 뛰어들었다.

"대단하군, 대단해!"

혈륜마라진이 일으킨 살기 사이로 곽서문의 목소리가 들려왔다. 곽서문은 크게 감탄하다 못해 아예 발을 구르고 있었다.

하지만 소량은 곽서문에게는 조금의 신경도 쓰지 않았다.

녹색 빛을 띠다 못해 검푸르게 변한 섬뜩한 시선이 유선의 목덜미를 노려보고 있었던 것이다.

유선을 노려보는 흑의인의 얼굴에는 미소까지 번져 있었다.

'우, 웃는가?'

소량은 즐겁다는 듯 미소 짓는 흑의인의 얼굴을 믿을 수 없다는 표정으로 바라보았다.

"사람의 목을 베는 것이 즐겁소이까?"

소량의 목소리가 파르르 떨려 나왔다.

흑의인이 섬뜩하게 웃으며 외쳤다.

"크하하! 묻고 답하는 것이 무에 필요하랴?"

살기 어린 미소가 소량의 마음속에 마지막까지 남아 있던 무언가를 깨어버렸다. 멍하니 그의 얼굴을 바라보던 소량의 얼굴에 얼음처럼 차가운 분노가 떠올랐다.

"그렇다면……."

나 또한 그리하리라.

유선의 목에 서늘한 도가 와 닿기 직전이었다. 새근새근 잠든 유선의 얼굴로 검광이 번쩍였다.

서걱!

털썩 소리와 함께 목이 없는 시신 한 구가 유신의 옆으로 쓰러졌다. 소량은 지친 사람처럼 허리를 굽힌 채 흑의인의 시체를 내려다보다가 이내 다른 흑의인에게로 시선을 돌렸다.

이제야 비로소 마음을 정한 것이다.

"삼륜은 무얼 하는가!"

곽서문의 고함 소리와 함께 살기가 바다처럼 일어났다.

본래 첨단보다 본행(本行)이, 일류보다 이류가 무서운 것이 혈류마라진이었다. 삼류와 함께 일류, 이류가 움직이는데, 살기가 중첩되어 숨을 쉴 수 없을 지경이었다.

자신을 옥죄어오는 열댓 명 남짓한 흑의인들을 바라보던 소량이 검을 곧게 세웠다.

"살기를… 거두어라."

소량의 시선에는 조금의 흔들림도 없었다.

소량이 냉철한 얼굴로 되뇌었다.

"살기를 일으킨 자, 반드시 베겠다."

쐐애액—!

대답 대신 검극이 소량의 인중을 노리고 날아왔다.

소량은 가볍게 손을 펼쳐 흑의인의 검면을 두드렸다.

아니, 두드렸다기보다는 검면을 타고 미끄러졌다는 말이 옳을 터였다. 예전 살호장군 마유필의 도와 마주했을 때 그리 했듯이 말이다.

그렇게 미끄러진 소량의 장(掌)이 권(拳)이 되더니, 곧바로 흑의인의 심장을 후려쳤다. 보지 않고도 소량은 그의 심장이 부풀어 터져 버렸음을 알 수 있었다.

챙!

동시에 소량의 철검이 또 다른 흑의인의 도를 막아내었다.

소량의 흔들림없는 시선과 마주한 흑의인이 헛숨을 들이켰다.

"놈! 감히… 크헉!"

흑의인이 말을 멈추고 고개를 떨어뜨렸다. 심장에 낯선 이물질이 박혀 있었던 탓이었다.

"끄어윽."

흑의인은 멍하니 그것을 내려다보다가 털썩 무릎을 꿇고 말았다. 심장에 박혀 있던 철검은 어느새 뽑혀 다른 이의 심장을 노리고 있었다.

소량은 길게 숨을 토해내며 자신의 검극을 바라보았다.

'이제는 조금 알 것도 같구나.'

흐르기만 하던 검로가 조금씩 변화하고 있었다. 상대의 검력을 흘려내는 것은 물론이지만, 때때로 그 못지않은 힘으로 마주친다.

'기운이 저절로 일어나니……'

태허일기공이 이런 것이었던가!

생사의 간극에 서 있음에도 소량은 자신의 몸속에서 일어난 변화를 주시하고 있었다.

흐르는 강물처럼 부드럽게만 흐르던 기운이 야수처럼 거칠게 들끓었다. 태허일기공은 기공이 아니라 심공, 마음이 굳건해지니 기운도 따라 변화한 것이다.

짧게 호흡을 고른 소량이 가볍게 발끝을 튕겨 또 다른 흑의인에게로 뛰어들었다.

"허, 헉!"

서걱!

유선을 베려다 말고 몸을 돌리던 흑의인의 머리가 빙글빙글 돌아 저 너머로 사라져 버렸다.

눈 깜짝할 새에 네 명의 흑의인을 베어버린 소량이 지친 듯 시선을 돌렸다.

"물러나라 하지 않았던가!"

불문(佛門)의 사자후(獅子吼)인가!

소량이 가진바 기운을 모두 끌어 모아 고함을 지르자, 장내가 쩌렁쩌렁 울렸다. 전진하려던 흑의인들마저도 걸음을 멈출 정도였다.

그들은 약관을 갓 넘은 듯한 청년 한 명의 기세를 감당할 수 없었던 것이다.

"으, 으음."

사실 혈검삼대는 혈검대 중에서도 가장 무위가 낮은 축에 속했다. 혈검일대와 이대에서 밀려난 자들로 이루어진 것이 바로 혈검삼대인 것이다.

하지만 그런 만큼 독기 하나만은 충천했으며, 그 독기로 이루지 못한 임무가 없었다.

분노하여 소량을 노려보던 혈검삼대주가 외쳤다.

"아무리 우리가 일대만 못하다지만!"

주춤했던 흑의인들이 정신을 차린 듯 고개를 들었다.

"아무리 삼대에 불과하다지만! 신모도 아니고 신모의 손자조차도 상대하지 못한단 말이냐!"

신모를 상대하러 간 혈검일대가 목숨을 잃은 것은 당연한 일일지도 모른다. 그러나 혈검삼대는 그래서는 아니 되었다. 고작 신모의 손자에게 이처럼 당해서는 아니 되는 것이다.

흑의인들에게서 다시금 살기가 일어났다.

"내 목숨을 버리더라도 너는 꼭 죽이고야 말겠다!"

혈검삼대주가 노호성을 터뜨리며 소량에게로 덤벼들었다. 소량의 검을 피하는 둥 마는 둥 한 혈검삼대주가 소량의 앞자리까지 다가섰다.

"크하하!"

푹!

혈검삼대주의 귓가로, 아니, 그의 전신으로 끔찍한 소리가 들려왔다. 단전에 소량의 철검이 파고든 탓이었다. 혈검삼대주는 빠져나가는 내기를 굳이 잡으려 들지 않았다.

일부러 공격을 당하면서까지 만들어낸 짧은 순간을 기회로 소매춤에 있는 주머니를 터뜨릴 뿐이었다.

혈전(血戰) 27

"도, 독(毒)?!"

소량이 짧게 외치며 허겁지겁 뒤로 물러났다. 갑자기 코끝이 저리더니 이내 기운이 흩어져 가는 것이다. 흑의인이 터뜨린 검푸른 연기가 원인임이 분명했다.

"크, 크윽!"

소량의 신형이 한차례 비틀거렸다.

본래 혈행의 움직임이 빠르면 독도 빠르게 퍼져 나간다. 하물며 내기까지 빠르게 회전하고 있는 지금은 어떻겠는가. 소량은 눈 깜짝할 새에 중독되고 말았다.

"어, 어서 이놈을……."

혈검삼대주의 마지막 목소리가 사방으로 번져 나갔다. 소량은 몇 번이나 눈을 끔뻑이며 정신을 차리려 애썼다.

'기운이 흩어지고 있어.'

야수처럼 들끓던 기운이 빠르게 사라져 간다.

의념을 일으켜 도인해 보려 해도 내공은 세맥으로 퍼져 나갈 뿐 단전으로 돌아오지 않았다.

'어떻게 해야 하는가.'

소량이 지친 듯 고개를 들 때였다. 그의 시선에 낯선 당혜가 하나 보였다. 소량은 그것이 스스로를 곽서문이라 밝힌 노인의 것이라는 것을 알 수 있었다.

"이제 그만 가시게."

픽!

그간 뽑히지 않은 채 허리춤에서만 덜렁거리던 곽서문의 도가 마침내 모습을 드러냈다. 소량이 경호성을 내며 막아내려 했지만, 곽서문의 도에 항거할 수는 없었다.

"쿨럭, 쿨럭!"

공력이 흩어진 상태였기 때문일까.

기혈이 들끓기 시작했다.

뒤로 물러난 소량이 거칠게 기침을 토해내며 입가를 닦았다. 내상을 입었는지, 검붉은 피가 묻어났다.

"더 이상 반항해 봐야 무용한 일이라네. 자네의 재주는… 어떤 면에서는 무당 제자들보다도 뛰어났네. 그것으로 위안 삼고 가시게."

곽서문의 음성에는 진심이 묻어나 있었다.

실제로 소량은 무당파의 일대제자들과 비견될 만한 무위를 선보였다. 그들의 나이가 서른 줄이었다는 것을 생각해 보면, 소량의 재주는 그야말로 감탄할 만한 것이라 할 수 있었다.

하지만 소량은 곽서문 대신 유선을 바라보고 있었다. 유선에게로 흑의인 두어 명이 접근하고 있었던 것이다.

"그만, 그만둬!"

소량이 노호성을 터뜨리며 일어나려 애썼다. 마음속 깊숙한 곳에서 이전과는 비견도 할 수 없는 살기가 일어났다.
 유선에게로 접근하는 모두를 찢어버리고 싶었다. 유선이 다치는 것을, 죽는 것을 상상조차 할 수 없었다.
 살기는 점점 커져만 갔다.
 천지간에 가득한 소리들을 잊어버릴 만큼.
 할머니의 음성이 떠오른 것은 바로 그때였다.

 "살기에 휩싸이면 아니 되는 법이여!"

 살호장군 마유필과 싸운 다음 날이었던 것 같다. 할머니는 복잡한 시선으로 허공을 바라보며, '어찌하여 그를 죽이지 못하게 했는지 아느냐?'라고 물었었다.

 "살기를 조절하는 것이라면 모르겠으나, 살기에 휩싸이면 마인(魔人)이 될 수밖에 없는 겨. 사람을 구하기 위해 익힌 무공으로 사람을 죽이고 싶으냐?"

 지금으로서는 그럴 수밖에 없지 않은가!
 소량의 마음에 격랑이 일어났다.
 하지만 본능은 달랐다. 가슴은 여전히 두근두근 뛰었으나 머리는 저절로 냉철해졌다.

천지간에 가득한 소리들이 들려온 것은 바로 그때였다.

바람이 폭풍처럼 일어나 곽서문과 소량의 옷깃을 흔들었다. 소량의 호흡도 그처럼 빠르고 거칠게 변해갔다. 바람이 언제 불었냐는 듯이 잠잠해지자, 소량의 호흡 역시 사라졌다.

곽서문의 안색이 급변했다.

"이, 이놈!"

곽서문은 다급히 소량의 목으로 도를 휘둘렀다. 느릿하게 변한 소량의 호흡 사이로 거력이 느껴졌기 때문이었다.

소량은 자신에게로 다가오는 도를 흘끔 보고는 가볍게 목을 비틀어 그것을 피해냈다.

"그만두라 하지 않았더냐!"

쐐애액—!

소량이 대뜸 철검을 집어 던졌다. 놀랍게도 철검은 쏘아진 화살처럼 일직선으로 나아가 흑의인 한 명의 목을 꿰뚫었다.

"크억!"

단말마와 함께 흑의인이 쓰러지는 것과 동시에 멈추었던 바람이 다시 불기 시작했다.

"노, 놈!"

곽서문이 경호성을 토해냈다. 소량의 신형이 안개처럼 흩어진 탓이었다. 거세게 몰아치는 바람처럼, 소량은 유선에게로 뛰어들고 있었다.

곧이어 시전에서도 흔히 구할 수 있다는 육합권의 초식이 또 다른 흑의인의 단전을 깨어버렸다.

조금 전에 쓰러진 흑의인의 목에 꽂혀 있는 검을 움켜쥐는 소량의 모습에 곽서문이 이를 뿌드득 갈았다.

'도대체 어떻게 된 놈이기에 군자산이 통하지 않는단 말인가?'

곽서문이 도를 움켜쥔 채로 소량의 뒤를 따라 뛰어들었다.

소량은 지친 눈으로 그런 곽서문을 바라보았다. 시선은 곽서문을 향하고 있되 의념은 다른 곳을 유영하는 소량이었다.

'천지간에 멈추어 선 것은 없다고 했지. 끊임없이 순환하는 것이 바로 세상이고, 천지다.'

때때로 세상은 멈춘 것처럼 느리게 흐른다.

계절의 흐름이 바로 그러하다. 어제와 오늘이 다르지 않은데 어느새 봄이 되고 여름이 되어 있다.

하지만 어떤 때에는 광폭하기 이를 데 없이 빠르게 흐른다. 폭풍은 무릇 천지간의 모든 것을 삼켜 버릴 것처럼 거칠게 일어나게 마련이다.

'강은 알고 유는 모른다? 그래, 흘러가고만 싶었으니 강을

모른다 할 수도 있으리라.'

하지만 때때로 강해질 때도 있어야 하리라. 느리게도 흘러야 하고 빠르게 흘러야 하리라. 약하게도 흘러야 하고 강하게도 흘러야 하리라.

"호흡이 마음에서 나온 것을 안다면[若息從心出]."

터엉—!

철로 이루어진 검과 도가 부딪쳤는데도 가죽이 터지는 소리가 났다. 곽서문은 놀란 듯 뒤로 물러났다가 이내 노호성을 터뜨렸다.

"무어라고 지껄이는 게냐, 이놈!"

곽서문의 검이 빛을 발하기 시작했다.

절정의 도기(刀氣)!

하지만 그에 맞서는 소량의 검은 미약하기 짝이 없었다.

"깨달음도 마음에서 나온다는 것을 알게 되리라[亦復知從心出]."

안타깝게도 소량이 검은 두부 잘리듯 베어지고 말았다. 반토막 난 검을 든 소량이 비틀거리며 기침을 토해냈다.

"호흡이 마음으로, 쿨럭, 쿨럭! 들어온다는 것을 안다면[若息從心入]."

곽서문의 도는 그야말로 천변만화하고 있었나. 그가 가진 고도이십일로(孤刀二十一路)의 도법이 춤을 추는 것이다.

검기가 사방에 번뜩이자 소량의 전신에서 피가 튀었다.

"깨달음도 마음으로 들어온다는 것을 알게 되리라[亦復知從心入]."

어깨가 쩍 갈라지는 데도, 허리춤에 일 푼가량의 도기가 파고드는 데도 소량은 괘념치 않았다.

움직임마저 멈추어 선 것처럼 정적(靜的)이었다.

아직 바람이 불어오지 않은 것이다.

"그러므로 세상과 함께 호흡을 나눌 수 있다면[天地同息]."

소량이 눈을 반개했다.

음양이 조화를 이루듯 강유 역시 조화를 이루어야 한다. 천지와 호흡을 함께하라는 것도 같은 뜻일 터였다.

불어오는 바람과 호흡을 맞춘 소량이 눈을 부릅떴다.

'이, 이건 무학이 아니야.'

태허일기공에 대해 배워왔던 모든 것이 깨어지는 느낌이었다. 소량은 어쩌면 자신이 배운 것이 태허일기공이 아닐지도 모른다고 생각했다.

동(動)과 정(靜), 강(强)과 유(柔).

이를 조화롭게 이룬다면, 곧 천지가 되어버리는 셈이 아닌가!

한낱 인간의 몸으로는 도저히 이룰 수 없는 일이었다. 이제야 겨우 문을 열었을 뿐인데, 평생을 가도 이를 수 없을 정도로 광대한 평야가, 바다가 기다리고 있었다.

그것이 바로…….

"…천하의 이치[天下之理]로구나."

콰아앙!

곽서문의 도와 소량의 검이 마주쳤다.

곽서문은 물론 소량까지도 세 걸음이나 뒤로 물러났다. 곽서문의 눈이 찢어질 듯 부릅떠졌다.

"거, 검기(劍氣)!"

놀라서 외칠 새도 없었다. 기이한 빛을 머금은 소량의 검이 빠르게 쇄도하고 있었던 것이다. 곽서문은 변초를 펼쳐 소량의 검을 흘러내려 들었다.

"어찌 검기를!"

곽서문조차도 마흔이 넘어서야 얻을 수 있었던 검기를, 어찌 스무 살 남짓한 소년이 펼쳐 낸단 말인가!

게다가 군자산에 중독된 상태로 말이다.

'어디서 다른 기운을 끌어디 쓰기라도 했단 말인가?'

어쩌면 그럴지도 모른다.

자신의 생각이 옳다고 생각하니 곽서문의 등골에 소름이 오싹 돋아 올랐다.

생각해 보면 진무신모의 무학이 어떠했던가!

자신의 공력과 천지의 기운이 다르지 않은 경지에 이르러 있었다. 만약 그것이 신모의 무학의 특별한 점이라면, 눈앞의 청년도 그것을 익혔을지도 모른다.

서걱!

소량의 허벅지에서 피가 튀었다. 벌써 열댓 군데가 넘는 곳에 상처를 입은 소량이었다. 하지만 곽서문은 그것이 피륙의 상처임을, 결코 치명상이 될 수 없음을 알고 있었다.

'피를 이만큼 흘리고도 지치지 않는단 말인가!'

곽서문이 그렇게 생각할 때였다.

소량의 신형이 구름을 타고 사라지듯 사라져 버렸다.

곽서문이 놀라 고개를 돌리려 할 때 즈음, 어깨춤에서 통증이 느껴졌다. 곽서문은 흘끔 어깨춤을 내려다보았다.

'무위를 숨겼구나, 이놈!'

곽서문은 거골혈(巨骨穴) 부근을 베였음을 알 수 있었다.

그의 마음속 깊숙한 곳에서 이전부터 사라지지 않던 경계심이 일어났다.

"후퇴하라!"

곽서문은 적을 상대함에 있어 조금의 방심도 하지 않음으로써 사망객이라는 별호를 얻었다. 승리할 수 없는 싸움은 조금도 하지 않는 것이 그의 버릇이었다.

지금은 승리를 장담할 수 없다.

이 사단을 보고 신모가 다가올지 모른다는 생각도 후퇴하자는 결심에 한몫 보탰다.
 "후퇴하라 하지 않았더냐!"
 곽서문이 다급히 고함을 질렀다.

第二章
이별(離別)

1

 소량은 곽서문의 움직임을 눈으로 좇으며 부러진 철검을 휘둘렀다. 그를 보내서는 아니 되었다. 언제 다시 찾아올지 모르거니와 할머니의 행방도 알아야 한다.
 '보내줄 수 없어.'
 귓가에는 천지간의 소리가 가득했다. 바람이 파도처럼 일렁여 소량의 몸을 휘감았다.
 몸속의 기운도 바람처럼 청량하기만 했다.
 '이게 무슨……'
 마음이 두 개로 쪼개진 것 같았다. 곽서문을 잡아야 한다는 마음과 내부를 관조하는 마음이 따로 존재하고 있었다.

후자의 마음이 조금씩 커져갔다.

천지가 자신을 보듬어 안는 것 같았고, 세상과 함께 노니는 것만 같았다. 그 어느 때보다 찬란하게 보이는 풍경을 바라보며 소량이 눈을 지그시 감았다.

'천인불이(天人不二)라 했던가?'

어떤 거대한 실체의 끝자락을 처음으로 목격한 것만 같은 기분이었다. 소량은 철검을 늘어뜨린 채 왼손을 들어 허공으로 가져갔다. 보드라운 바람이 찾아와 손끝에 머물렀다. 마치 소량이 그것을 불러낸 것처럼.

만약 지금이 격전 중이 아니었다면, 신기해서 어쩔 줄 몰라 했으리라.

'태허일기공이 도대체 무엇이기에……'

그 생각 때문일까, 아니면 마음이 흩어졌기 때문일까. 계속해서 휘돌던 바람이, 소량의 기운이 멈추어 버렸다.

"쿨럭, 쿨럭!"

기운에 휘말려 꼼짝달싹도 하지 못하던 군자산이 드디어 기회가 왔다는 듯 사지백해로 뻗어나가기 시작했다.

검기조차 일으키지 못한 상태에서 곽서문의 도와 마주한 대가도 찾아왔다. 끔찍한 내상이었다.

"커헉, 쿨럭!"

소량은 가슴께를 쥐어뜯으며 무릎을 꿇었다. 거세게 몇 번이나 기침을 토해내던 소량이 몸을 새우처럼 둥그렇게 말았다.

오장의 어디에 상처가 생긴 것일까. 식도를 통해 검붉은 피가 계속해서 새어 올라왔다. 가슴이 타버리는 듯한 통증에 소량은 꼼짝도 할 수가 없었다.

일다경 가까이 몸을 뒤틀던 소량이 희미한 눈을 끔뻑였다. 통증이 간헐적으로 찾아온 탓에 잠시나마 고통을 참아낼 수 있었던 것이다.

기이하게도 소량은 마음이 편해지는 것을 느꼈다.

'괜찮을… 거야.'

태허일기공은 마치 별개의 의지를 가지고 있는 것만 같았다. 태허일기공의 공력은 아무 일도 없을 것이라는 듯, 이제는 괜찮다는 듯 소량을 포근히 감싸 안았다.

소량의 호흡이 조금씩 고르게 바뀌어갔다.

"후우―"

이는 강호의 상식으로는 이해할 수 없는 일이라 할 수 있었다. 내공의 운용을 놓치면 주화입마에 들기 십상인 것이다. 하지만 소량은 기운이 마음대로 움직이도록 내버려 두었다.

그러자 천지가 움직였다.

바람이 소량 곁에 머물렀고, 풀잎이 그런 소량을 받쳐주었다. 노을이 지는 하늘은 소량을 덮어주었다.

'어쩌면 이것도 태허일기공의 묘용일지도 몰라.'

소량이 희미하게나마 미소를 머금었다.

'할머니의 품 안에 있는 것 같구나.'

할머니?

할머니를 떠올리자 심장이 철렁 내려앉았다.

몸은 조금이라도 쉬어야 한다고 비명을 질렀지만, 소량은 이를 악물며 자리에서 일어났다.

아직 치유되지 못한 내상 탓에 끔찍한 통증이 찾아왔지만, 소량은 머뭇거리지 않았다. 일어나다 말고 몇 번이나 고꾸라졌던 소량이 비틀거리며 유선에게로 향했다.

"괜찮으냐, 유선아?"

소량은 대뜸 유선의 맥부터 쥐어보았다. 신중하게 맥동을 확인하던 소량의 얼굴에 이내 안도의 미소가 떠올랐다.

유선은 무사했다.

"다행, 다행이다."

만에 하나라도 유선이 목숨을 잃었다면 어떻게 됐을까. 차마 견디지 못하였으리라. 할머니의 걱정대로 살기에 휩싸여 마인이 되어버렸을지도 모른다.

소량은 외진 곳에 널브러져 있음에도 제 침상에 누워 있는 것 마냥 새근새근 잠에 빠져든 유선의 얼굴을 쓰다듬었다.

'어서 여기를 떠나야 하는데… 깨워야 하는가?'

아니, 깨워서는 아니 될 것 같다.

주위의 참상을 둘러본 소량이 씁쓸한 표정을 지으며 자리에서 일어났다. 끙차 소리를 내며 유선을 업은 소량이 잠시 비틀거렸다. 허벅지에 생긴 도상 탓이었다.

"후우— 가자, 유선아."

호흡을 한차례 고른 소량이 유선을 업은 채 비틀거리며 걸음을 옮겼다.

영화는 굽이굽이 굽은 노송의 옆에 서 있었다. 심장이 쿵쾅쿵쾅 뛰었지만 그녀는 애써 평정을 가장했다.

반 시진 전, 집으로 돌아오자마자 승조가 대뜸 그녀를 낚아챘다. 사단이 난 것 같다며 그녀를 낚아챈 승조는, 태승이 오자마자 집 뒤편으로 달려가 주섬주섬 무언가를 설치했다.

영화는 태승과 대화를 나누고 있는 승조를 돌아보았다.

"정말 이걸로 괜찮을지 모르겠구나."

승조가 턱을 긁적이며 고개를 끄덕였다.

"아주 안전하다고는 하지 못하겠지만… 일단은."

잡기에 능했던 승조는 산술과 기관진식을 배울 때 가장 큰

흥미를 보였다. 할머니가 '잡학에 불과한 것인데 니는 어째서 그렇게 관심을 갖는 겨!'라고 한탄했을 정도였다.

지금 영화가 숨어 있는 곳도 그가 펼친 진식 속이었다. 태을진(太乙陣)이라는 이름의 진법이라 했다.

"그렇게 대단한 진법은 아니지만, 눈을 속이는 데에는 이만큼 효과적인 것도 없어요, 큰누이. 저쪽에 진짜 진법가가 있다면 큰일이지만."

꽤 수준급까지 진법을 익힌 승조였지만, 진짜 진법가가 있다면 상대가 되지 않는다. 승조는 몇 번이나 주위를 둘러보며 걱정스레 한숨을 내쉬었다.

태승이 심각한 얼굴로 되물었다.

"그럼 모산으로 피하는 게 낫지 않겠습니까, 작은 형님?"

승조가 미간을 찌푸리며 고개를 저었다.

"등하불명(燈下不明)이라 했잖느냐."

"아아."

태승이 고개를 두어 번 끄덕였다.

만약 그들을 노리는 사람이 있다면 아마 집부터 뒤질 터였다. 집에 아무도 없다면, 도망친 것이 틀림없다고 생각하여 사방을 수색하러 갈 터였다.

등잔 밑이 어둡다는 말처럼, 차라리 집 근처에 숨어 있는 것이 나을 수도 있었다.

"아직도 무슨 영문인지는 짐작이 가지 않는 거니?"

영화가 단아한 얼굴로 질문했다.

승조는 그런 영화를 보며 머리를 벅벅 긁었다.

"아무리 머리를 굴려봐도 가늠할 수가 없어요. 다만 큰 싸움이 있었던 것만은 분명해요. 땅이 흔들릴 정도였으니. 그보다 저는 유선이 걱정입니다."

다른 형제들은 그래도 무사히 만났는데, 유선은 자리에 없다.

영화가 눈을 지그시 감았다. 여전히 평온한 얼굴이었지만, 그녀의 손은 새하얗게 질린 채 부들부들 떨리고 있었다. 영화는 마음을 다스리려는 듯 몇 번이나 숨을 골랐다.

"이각만 더 기다려 보세요, 큰누이. 그 안에도 오지 않으면 저와 태승이 찾으러 나가보겠습니다."

영화가 고개를 절레절레 저었다.

"내가 직접 다녀오겠다."

"안 돼요, 큰누이."

"너희는 일단공도 수습하지 못했잖니? 만약 정말로 악적이 있다면 상대할 수 있는 사람은 나밖에 없어."

"안 된다니까요."

승조가 눈을 부라렸지만 영화는 태연하기만 했다.

이별(離別) 47

"그리 알고들 있어."

말투는 온유하고 곱지만 그 속에는 숨길 수 없는 결심이 깃들어 있었다. 태승이 딱딱한 얼굴로 고개를 저었다.

"누님, 그러지 마십시오. 그래도 누님은……."

"내가 간다니까, 누나!"

그래도 차분히 영화를 설득하려는 태승과 달리, 승조는 버럭버럭 고함을 지르고 있었다. 만에 하나 위기가 오더라도 누이보다는 자신이 당하는 게 낫다는 생각에서였다.

그때 영화가 가볍게 손을 들었다.

"쉿, 조용히."

영화의 표정이 차갑게 변해갔다. 고요한 호수처럼 가라앉은 눈으로 모옥과 이어진 소로를 노려보던 영화가 소매를 가볍게 흔들었다. 여차하면 출수할 요량이었던 것이다.

곧 영화의 얼굴에 표정이 돌아왔다.

"오라버니, 큰 오라버니."

조그맣게 속삭인 영화가 대뜸 태을진 밖으로 뛰어나갔다. 무학에 약한 승조와 태승이 느끼지 못한 기척을 그녀는 느낄 수 있었던 것이다.

영화를 말리려던 승조와 태승도 서로를 흘끔 보고는 그대로 태을진 밖으로 뛰어나갔다.

모옥과 이어진 소로에서 유선을 업은 소량이 걸어오고 있었다. 허벅지, 어깨, 허리춤, 목덜미 할 것 없이 피투성이인 데다가 가슴께도 흠뻑 젖은 모습이었다.

걷다 말고 휘청거리는 것이 크게 다친 것이 분명했다.

소량의 부근에 다가온 영화가 비명처럼 외쳤다.

"오라버니, 괜찮으세요? 많이 다친… 유선아!"

"모두 무사하냐?"

소량이 등에 업힌 유선을 영화에게 건네며 물었다. 영화는 서둘러 유선의 맥문을 잡으며 정신없이 고개를 끄덕였다.

유선이 자고 있을 뿐이라는 것을 알아차린 영화가 한숨을 길게 토해냈다. 소량이 멀리서 달려오는 승조와 태승을 보고는 희미하게 미소를 지었다.

"걱정하는 바가 없지 않았는데, 무사했구나. 집이 비어 있어서 깜짝 놀랐다."

"진법을 펼쳐놓고 그 안에 있었습니다! 그보다 많이 다치셨습니다, 형님! 의원을……."

소량의 옆으로 달려온 승조가 그를 부축했다. 소량은 괜찮다는 듯 가볍게 승조의 손을 뿌리치며 고개를 저었다.

"아니, 지금은 의원을 찾아갈 때가 아니다. 오히려 중로가 더 위험할지도 몰라. 상서는 내가 능히 다스릴 수 있으니 걱정하지 마라."

 승조와 태승은 그래도 안심한 기색이 아니었다. 소량은 주위를 둘러보다가 모옥으로 향했다. 승조와 태승, 유선을 안은 영화가 멍하니 그런 소량을 바라보았다.
 걸어가던 소량이 지친 듯한 목소리로 말했다.
 "집으로 들어가서 이야기하자. 시간이 없어."
 승조가 어찌 된 일이냐고 물었지만, 소량은 대답하지 않았다. 그저 묵묵히 모옥으로 걸어갈 뿐이었다.
 결국 나머지 형제들도 그 뒤를 따르는 수밖에 없었다.
 모옥에 당도한 소량은 침상에 털썩 기대어 앉고는 지친 듯 호흡을 몰아쉬었다. 동생들이 뒤따라 모옥에 들어섰지만, 소량은 그들을 돌아보지도 않았다.
 잠시 뒤, 마침내 소량이 입을 열었다.
 "…할머니를 찾으러 온 자들이 있었다. 복장이 통일된 것으로 보아 세력을 이룬 자들인 듯했다. 그들이 유선을 납치해 데리고 있더구나."
 "할머니를 찾으러 온?"
 유선을 안은 채 서성이던 영화가 의아한 얼굴로 되물었다. 태승 역시도 어리둥절하긴 마찬가지였는지 물끄러미 소량을 바라볼 뿐이었다.
 하지만 승조는 달랐다.
 "끄응, 역시 그랬군."

영화와 태승의 시선이 승조에게로 향했다. 생각에 잠긴 채 턱을 긁적거리던 승조가 그들을 흘끔 보고는 부연했다.

"집에만 계셨던 큰누이나, 책이나 파고 있었던 태승이는 모르겠지만 무창을 안방 삼아 돌아다녔던 저는 압니다. 할머니는 보통 분이 아니세요."

"그건 나도 알아. 하지만……."

"아니, 할머니는 큰누이가 생각하는 것보다 훨씬 대단한 분입니다. 무창에서 본 어떤 무인도 할머니에 견줄 수는 없었어요. 낭중지추라, 틀림없이 이름난 무인일 것입니다."

승조가 차분히 설명하자 영화가 입을 꾸욱 다물었다. 승조는 영화에게서 시선을 떼어 소량을 돌아보았다.

"강호의 은원에 관련된 일입니까?"

소량이 희미하게 고개를 끄덕였다.

"할머니를 신모라 부르더구나. 네 말대로 은원이 있는지, 할머니와 일전을 벌인 듯했다. 할머니께 배웠단 이유로 우리마저 죽이려는 듯 보였다."

"할머니께서는, 할머니께서는 무사하신가요?"

영화가 걱정스러운 얼굴로 질문했다.

소량이 묵직한 어조로 입을 열었다.

"할머니께서는 계시지 않았다."

"설마 할머니께서……."

"아니, 무사하시다. 무사하셔. 자리를 피해 떠나신 것뿐이야."

소량이 주먹을 불끈 쥐며 대답했다.

평정을 가장해 오던 영화가 더 이상은 참지 못하겠다는 듯 눈을 질끈 감았다. 슬픔에 얼룩진 얼굴로 서 있던 영화가 조그맣게 속삭였다.

"할머니······."

떠나지 않겠다고 했으면서.

할머니를 믿으라고 했으면서.

영화가 고개를 떨어뜨렸다. 불현듯 할머니께서 찾아오기 전으로 돌아간 것 같은 기분이 들었다. 세상에 의지할 데가 하나 없는 고아가 된 기분이었다.

영화가 안고 있던 유선이 깼는지 꿈틀거리기 시작했다.

졸린 듯 눈매를 비비다가 고개를 든 유선이 주위를 둘러보고는, 자신을 안고 있는 사람이 영화라는 것을 확인하자마자 안도한 듯 그녀의 가슴팍에 얼굴을 묻었다.

"언니."

모두의 시선이 유선에게로 향했다.

유선은 시선을 눈치채지 못한 채 훌쩍훌쩍 울기 시작했다. 무서운 꿈이라도 꾸었다고 생각한 모양이었다.

승조가 다시 소량을 바라보며 어두운 얼굴로 질문했다.

"그래서 어찌할 생각이십니까?"

소량은 대답 대신 관자놀이를 꾹 눌렀다. 자신을 바라보는 동생들의 얼굴을 보니 가슴이 턱 막혀왔다. 의지하는 시선들, 어떻게 해야 하는지 묻는 시선들이 무겁게만 느껴졌다.

'동생들과 함께 할머니를 찾으러 가야 하나?'

잠시 고민하던 소량이 미간을 찌푸렸다. 승조와 태승의 무학이 아직 약할뿐더러 유선은 나이마저 어리기 짝이 없다.

동생들과 함께 갈 수는 없다.

"너희는 일단 짐을 챙겨라. 그들이 이곳을 알고 있으니 언제 다시 찾아올지 몰라. 이곳을 떠나 어디로든 피신해야 한다. 천애고아였던 우리이니 갈 곳이 어디 있겠냐만… 승조야, 할 수 있겠느냐?"

승조는 대답을 하지 않았다.

소량이 재차 되물었다.

"네가 그래도 세상일에 가장 밝으니 물었다만, 어렵겠느냐?"

이번에도 승조는 대답하지 않았다. 알 듯, 모를 듯한 시선으로 소량을 바라보던 승조가 나직하게 질문했다.

"형님은 가지 않으실 생각이로군요."

이별(離別) 53

소량은 억지로나마 미소를 지었다. 의지하는 동생들의 시선을 보니 미소를 짓지 않을 수 없었다. 가슴은 타들어갔지만 동생들이 걱정하지 않도록, 안심할 수 있도록 웃어야 했다.

그게 '큰놈'의 몫이었다.

"너희 먼저 가 있어라. 내 할머니를 모시고 갈게."

"벌써 그렇게 다쳤으면서 어떻게 할머니를 찾겠다는 건가요? 차라리, 차라리 관아에 발고를……."

영화가 말을 하다 말고 입을 다물었다. 그게 허황된 소리라는 것을 그녀도 알고 있는 탓이었다.

살호장군 마유필과 싸운 이후로 많은 것이 바뀌기는 했지만, 관아는 여전히 백성을 돌보지 않는다.

찾는 시늉만 하다가 그만둘 것이 분명했다.

"걱정하지 마. 나는 너희가 더 걱정인걸."

소량이 영화에게 다가가 어깨를 두드려 주었다.

영화 대신 그녀의 가슴팍에 얼굴을 묻고 있던 유선이 고개를 빼꼼히 내밀고 소량을 바라보았다.

"할머니 찾으러 가는 거야, 큰오빠?"

"그래, 할머니 찾으러 간다."

소량이 환하게 웃으며 말했다.

"으응. 할머니 꼭 데려와야 해, 알았지?"

유선이 초롱초롱한 눈으로 소량을 바라보며 말했다. 고개를 두어 번 끄덕인 소량이 그런 유선의 손에 장을 가져갔다.

"약속할게. 내 반드시 모시고 갈게."

"응. 꼭이야, 꼭."

한 번으로는 부족했는지, 유선은 몇 번이나 소량의 손바닥을 두드렸다. 짝짝 소리가 날 때까지 소량의 손바닥을 두드리던 유선이 울음을 참으려는 듯 입술을 비죽댔다.

"나는 상처를 돌보고 나가 있으마. 시간이 없으니 어서 짐을 챙겨라."

소량의 말에도 불구하고 동생들은 흩어지지 않고 주춤거리며 서 있었다. 여태까지 말이 없던 태승이 고개를 떨어뜨린 채 서글프게 미소 지었다.

"그러고 보니 우리, 이제 어른이 되어버렸네."

여태 아무 말이 없더니, 그런 생각을 하고 있었던가?

모두가 그게 무슨 소리냐는 듯이 태승을 돌아보았다.

태승이 손가락으로 벽면을 가리켰다.

"저기……."

벽면에는 자그마한 실금이 그어져 있었다.

한 살이 어림에도 불구하고 덩치가 컸던 태승은 승조보다도 자기기 더 클 것이라며 뻗대곤 했다.

화가 난 승조와 태승이 말싸움을 벌이자, 할머니는 공평하

이별(離別) 55

게 키를 재주겠다며 벽면에 서게 했다.

소량과 영화, 유선도 그때 키를 쟀었다.

'인즉 다 컸다, 야!' 하던 할머니의 목소리가 들려오는 듯했다.

2

반 각 뒤.

면포배자를 갈아입고 모옥 앞으로 나온 소량이 소매를 어루만졌다. 어깨에는 바랑이 하나 걸쳐져 있었는데, 갈아입을 옷 두어 벌과 보리쌀 석 줌이 든 주머니가 들어 있었다.

잠시 뒤, 모옥 밖으로 승조와 태승이 걸어나왔다.

승조는 책 두어 권과 옷만을 챙겼을 뿐이지만, 태승은 마흔 권이 넘는 책을 짊어지고 있었다.

"태승아, 책은 나중에 챙길 수도 있지 않느냐."

소량이 쓴웃음을 짓자, 태승이 고개를 절레절레 저었다.

"주석을 달아놓은 거라 어쩔 수 없어요, 큰형님."

상황이 이 모양인데도 태승은 침착하기 짝이 없었다. 굳이 아무렇지도 않은 척을 하는 이유는 다른 형제들을 걱정시키기 싫은 까닭일 터였다.

소량이 만들어준 목각인형 하나와 옷가지 몇 개를 챙긴 유선이 불안한지 태승의 손을 잡고 섰다.

아직도 나오지 않은 것은 영화였다.

"영화야, 어서 나오너라. 시간이 없다."

조방으로 들어간 영화는 아무리 불러도 나올 생각을 하지 않았다. 소량은 미간을 찌푸리고는 조방으로 들어섰다.

조방은 평소와 같았다. 고즈넉한 공기가 맴도는 아궁이와 화덕도, 그 위에 올려진 철과도 항상 봐오던 것이었다.

할머니는 항상 그곳을 서성이며 '저녁에는 뭔가 구미가 당기는 걸 해먹어야 할 텐디'라고 중얼거리곤 했다. 당장에라도 할머니가 나타나서 '조방엔 왜, 허기지냐?'라고 물을 것 같았다.

소량은 눈을 질끈 감고 말았다.

소량이 다시 눈을 떴을 때에는 할머니 대신 영화가 분주히 움직이고 있었다. 그릇 하나까지도 빼놓지 않으려는 듯 오만 것들을 다 챙기며 말이다.

왠지 가슴에서 뜨거운 것이 올라왔다.

"잠시 떠나는 건데 무얼 그리 많이 챙기려 하느냐!"

소량이 화를 내며 외치자 영화가 주춤했다. 소량은 그녀의 시선을 피해 고개를 돌리고는 외쳤다.

"이만하면 됐다!"

"아직 챙겨야 할 것이 많아요."

영화가 양손을 모아 치맛자락을 어루만지며 말했다.

소량이 일부러 엄하게 얼굴을 굳혔다.

"시간이 없다는 말 못 들었느냐? 집안에 있는 것을 모두 가져갈 셈이야?"

"예, 다 가져갈 거예요. 전부 다 가져갈 거예요!"

영화가 고함을 버럭 질렀다. 양손에 힘을 주어 꽉 잡은 까닭에 치맛자락에 주름이 일었다.

곧 영화의 발치 아래에 물방울 몇 개가 떨어졌다.

"전부 할머니께서 해주신 거란 말이에요……."

화를 내려던 소량이 망연자실한 듯 어깨를 늘어뜨렸다.

영화는 제자리에서 움직이지 않고 소매로 눈가를 훔쳤다. 아직, 아직 철과를 챙기지 못했다. 할머니를 처음 만난 날, 그녀가 두부보리죽을 해주었던 철과였다.

나무 국자도 챙기지 못했다.

처음 만난 날 국자를 쥐어주며 한 번 해볼 테냐, 라고 묻던 할머니의 음성이 귓가에 맴돌았다.

"우리 영화는 이렇게 요리도 잘하니께 커서 서방님한테 예쁨 받을 겨."

소량이 챙기지 못하게 할까 봐 영화는 얼른 국자를 쥐어들었다. 처음으로 할머니와 함께 요리했던 국자를 두고 갈 수는 없었다. 그것을 두고 가면 할머니와의 추억 한 자락을 잃어버릴 것만 같았다.

그것 말고도 눈에 밟히는 것은 많았다.

할머니와 함께 밤을 새워가며 꿰매었던 이불도, 그녀와 함께 만들었던 옷가지도, 그녀와 함께 놓았던 자수도 챙기지 못했다. 수를 놓는 법을 가르쳐 준답시고 낑낑거리다가 '워매, 나두 다 까묵어 버렸나 보다' 하고 웃던 할머니의 미소가 떠올랐다.

"영화야."

소량이 조그맣게 속삭이며 영화를 내려다보았다. 영화가 눈물에 젖은 눈으로 고개를 들었다.

"돌아오자."

"흑, 흐흑."

여태까지 참아왔던 눈물이 둑이 터진 듯 쏟아졌다.

"꼭 돌아오자. 할머니 모시고, 돌아와서……."

영화가 손등으로 눈물을 훔쳤다. 하지만 눈물은 세상을 다 적실 것처럼 계속 새어 나와서, 영화는 양손이 축축해질 때까지 눈가를 훔쳐야 했다.

"돌아와서 예전처럼 살자."

이별(離別) 59

"응, 으응."

영화가 고개를 두어 번 끄덕였다. 소량은 그런 영화를 바라보며 애달프게 웃고는 성큼성큼 걸어가 그녀가 챙긴 짐을 묶었다. 영화의 얼굴을 다시 볼 자신이 없어서 소량은 짐을 묶자마자 조방 밖으로 나와 버렸다.

"들 수 있겠느냐, 승조야?"

조방을 나선 소량이 짐을 건넸다.

"어렵지 않지요, 그래도 배워온 가락이 있으니. 이만하면 할머니가 준 거 다 챙겼네, 뭐."

조방 안의 대화를 들었음에도 승조는 밝은 목소리를 가장하며 소량이 건넨 짐을 받았다. 그리고는 마음이 무거운지 먼저 모옥 아래로 내려가 버렸다.

태승도 유선의 손을 잡고 그 뒤를 따랐다.

소량은 얼굴을 정리하며 조방을 나서는 영화를 보고는 실소를 머금었다.

"시집 갈 때도 다 되었는데 애처럼 울기는."

"나, 할머니가 오지 않으면 아무 데도 안 갈 거예요."

나이가 찰 대로 찬 영화였지만, 영화는 아이가 된 것 마냥 고집스럽게 말했다.

소량이 장난스러운 표정을 지으며 그런 영화를 놀렸다.

"어? 그렇게 말하는 걸 보니 마음에 둔 사람이 있기는 있는 모양이로구나."

영화는 장난에 대응할 여력이 없다는 듯 기운없이 고개를 저었다. 소량은 헛웃음을 머금고는 한참 전부터 어루만지던 소매에서 작은 주머니 하나를 꺼냈다.

"어디로 갈지는 모르겠지만, 챙겨두어라. 이제 네가 가장 큰누나이니 동생들을 잘 챙겨야 한다."

영화가 조심스레 소량이 건넨 주머니를 어루만졌다. 예상보다 묵직한 주머니였다. 영화는 슬며시 주머니를 열어 보고는 놀란 듯 소량을 바라보았다.

"이게 어디서 난 돈인가요? 은자가 열댓 냥이나······."

은자 열댓 냥이면 몇 년은 족히 지낼 수 있는 큰돈이었다.

소량이 머쓱하게 뒷머리를 긁적였다.

"너 시집보내고, 태승이 가르칠 요량으로 할머니하고 같이 모아놓은 돈이다. 막내가 알면 이거 사달라, 저거 사달라 조를까 봬 숨겨둔 돈인데 이렇게라도 요긴하게 쓸 수 있으니 다행이지."

영화가 어떤 말도 하지 못한 채 멍한 표정을 짓자 소량이 먼저 몸을 돌렸다.

"어서 내려가자, 벌써 빈 시진 가까이 시제했어."

"오라버니, 오라버니가 더 챙기셔야 해요."

"됐다, 산 입에 거미줄이야 치겠느냐."

소량의 걸음걸이가 빨라졌다.

영화는 얼른 그런 소량의 뒤를 쫓았다. 내려가며 몇 번이나 더 가져가라고 말했지만, 소량은 들은 척도 하지 않았다.

영화가 은자를 한 움큼 쥐어 품에 넣으려 들자, 소량이 엄한 표정으로 그녀를 꾸중했다.

"됐다고 하지 않던! 나야 한 몸이지만 너희는 넷이 아니냐!"

"하지만……."

"됐으니 넣어두어라. 그리고 승조야, 갈 데는 정했느냐?"

앞서 걷다 말고 소량과 영화의 실랑이를 바라보던 승조가 어깨를 으쓱했다. 별로 걱정할 것이 없다는 듯이.

"큰형님, 우리 태승이는 학문을 잘하지만 나한테는 또 다른 재주가 있어요. 우리 큰형님이 그걸 아실까 모르겠네."

"그게 무엇이냐?"

소량이 승조에게로 다가가며 물었다. 지체하여 대화를 나눌 시간이 없으니, 움직이며 질문을 할 요량이었다.

"돈 버는 재주지요. 무창에서만 통할까 걱정이 좀 되긴 했는데, 작년부터는 그런 걱정도 사라지더이다. 돈 굴러가는 이치, 그게 그렇게 어려운 게 아니거든. 본래는 상단을 하나 열어볼까 했는데… 상황이 이리되었으니 나를 팔아 자리를 살 수밖에 없지요."

소량이 알 것 같다는 듯 고개를 끄덕였다. 실제로 열두 살 때부터 거간꾼 노릇을 해왔던 승조였다.

동생이 걱정되어 주위를 수소문해 보았는데, 들려오는 말마다 '저놈이 거상이 되지 않으면 누가 거상이 되겠소?'라는 반문이었다.

'그래, 다들 네게 큰 상재가 있다고 하더라.'

소량이 안도한 듯 미소를 지었다.

나오는 말은 좀 달랐지만 말이다.

"너를 팔아 자리를 산다? 동생들 굶기지나 않을까 걱정이 되는구나."

"어? 우리 형님이 동생을 모르시네. 내 가치가 얼마인지 아시면 그런 소리는 못하실 겁니다. 혹여 할머니를 찾으시거든 신양상단으로 오세요, 형님. 오늘 만난 것도 있으니 일단은 그리 가보렵니다."

"그래, 그리하마."

소량이 고개를 끄덕이는 사이, 마침내 모산의 끝자락에 도착했다.

길이 두 길래로 갈라져 있었는데, 하나는 무창을 우회하는 길이고 하나는 좌회하는 길이었다.

이별(離別) 63

소량은 길에 서서 잠시 머뭇거리다가 동생들을 돌아보았다.

"무창을 벗어날 때까지는 최대한 인적을 피하고, 조심해야 할 것이다. 만약 일이 생기거든 도망을 염두에 두어라. 잘할 수 있겠지?"

승조는 무어라 말하지 못하고 머뭇거렸다. 목이 메는 듯 잠시 말을 고르던 승조가 마침내 입을 열었다.

"…가시려오?"

"너무 시간을 끌었구나. 이제 할머니를 찾으러 가야지."

"그래, 그렇군요."

승조가 길게 숨을 토해냈다.

영화는 하릴없이 양손을 만지작거렸고, 태승은 머리가 아프다는 듯 관자놀이를 꾹꾹 누르고 있었다.

"잘 부탁해요, 큰형님. 꼭 모셔오셔야 합니다."

말을 마친 승조가 집이 있는 모산으로 고개를 돌렸다.

수구초심(首丘初心)이라. 짐승도 죽을 때가 되면 고향이 있는 곳에 머리를 누인다 했다.

승조를 포함한 다른 아이들도 본능적으로 집이 있는 곳으로 고개를 돌렸다.

혹시 아이들이 늦으면 할머니는 모옥 앞을 서성이며 그들을 기다리곤 했다. 아이들이 돌아오면 어서 오라고 손을 흔들던 모습이 눈에 선했다.

이제 할머니는 없었지만, 모옥이 여전히 그들을 굽어보고 있었다. 잘 가라는 것처럼, 다시 보자는 것처럼.

이별은 그렇게 찾아왔다.

第三章
태행마도(太行魔刀)

1

 무림맹의 창천검전(蒼天劍殿)은 몹시 소란스러웠다. 몇몇 문파의 장로들과 무림맹의 군사인 제갈규(諸葛圭)가 격론을 벌이고 있으니 당연한 일일 터였다. 추이를 살피던 오대세가 이 협사들이 공연히 헛기침을 내뱉었.
 무림맹주 진무극은 눈을 지그시 감아버렸다.
 '이권(利權) 때문인가?'
 어쩌면 그럴지도 모른다.
 오십 년.
 무려 반백년 동안이나 강호는 평화를 유지했다. 때때로 신진고수들이 등장하기는 했지만, 그들이 자리를 잡을 새는 없었다. 이미 커져 버릴 대로 커져 버린 무가들이 자리를 내어주지 않은 탓이었다.

그런 그들이 변화를 바랄 리가 없다.

'아니, 어쩌면 이권 때문이 아닐지도 모르지.'

만에 하나 감숙에서 발견된 시신에 남은 상처가 혈수인(血手印)이 분명하다면, 이것은 이간계일지도 모른다.

천하의 무림맹에 세작이 들어 있다고 생각하면 속이 쓰리지만, 가능성이 높으니 무시할 수가 없는 것이다.

'어머니, 소자는 도대체 어찌해야 하는지 알 수가 없습니다.'

천하의 무림맹주의 생각치고는 조야한 것이었지만, 맹주의 표정은 담담하기만 했다. 그의 어머니는 다름 아닌 진무신모 유월향, 천하제일에 가장 가까운 무인이 아닌가!

혈마곡이 발호한 탓에 정체를 감추지만 않았더라면 그녀의 별호는 지금도 강호에서 회자되고 있으리라.

상념에 빠진 맹주의 귓가에 공동파 장로, 영호 상인(靈湖上人)의 목소리가 들려왔다.

"시신의 부패도가 너무 높질 않소. 물론 다시 조사를 해야한다는 데는 찬성하오만, 아직은 혈수인이라 발표할 때가 아니외다. 강호의 혼란을 어찌 책임지시려 그러시오."

"혼란을 감수해야 하외다, 감수해야! 설혹 한바탕 소동으로 끝날지라도 그리해야 하오!"

제갈규가 억눌린 목소리로 외쳤다.

마음 같아서는 무림맹의 무사들을 모두 움직여 조사를 하고 싶은데, 몇몇 이들의 반대로 인해 그리할 수가 없었다.

지금은 무영대가 나서서 조사를 하고 있지만 맹주의 모친을 찾는 일과 맞물려 인원을 많이 차출할 수가 없다.

군사의 직위로 무영대의 숫자를 한껏 늘리는 편법을 쓰긴 했지만 중과부적이긴 마찬가지였다.

"타초경사의 우를 저지를지도 모르오. 당장 감숙에는 패권을 노리고 덤벼드는 정사지간의 문파들이 많은데, 그들은 틀림없이 무림맹이 헛된 누명을 씌워 자신들을 탄압하는 거라 여길 것이오. 혼란이 가벼운 정도로 끝나지 않을 것이라는 뜻이오."

영호 상인 대신 곤륜의 운지 도인(雲脂道人)이 말했다.

곤륜은 본래 감숙 부근인 청해에 자리해 있으니 이 안건에 대해 할 말이 많은 셈이었다.

"끄으응."

제갈규가 한탄을 토해내며 관자놀이를 꾹 눌렀다.

아무리 해도 결론이 지어지지 않자, 모두의 시선이 눈을 지그시 감고 있는 맹주에게로 향했다.

진무극은 턱을 괸 채로 느긋하게 시선을 받아들였다.

"맹주께서는 어찌 생각하시오? 설마 하니 군사의 의견에 동조하진 않으실 테고."

영호 상인이 질문을 던졌다.

진무극은 눈빛을 빛내며 그런 영호 상인을 노려보았다.

'맹주의 위엄이 아예 바닥으로 떨어졌구나. 감히 나를 압박하는가?'

정난변(靖難變) 이후로 무림맹의 권위는 바닥에 떨어져 버렸다. 무림맹이 조정 편에 붙지도, 북평군에 붙지도 않은 채 중립을 유지한 까닭이었다. 훗날 황위에 오른 연왕은 무림맹에 관한 관심을 대다수 거둬들여 버렸다.

상황이 이러하니 맹주의 권위가 설 리가 없다.

"영호 상인의 의견이 옳소. 타초경사의 우를 저지를 필요는 없겠지요."

"과연 영명하시오!"

영호 상인의 얼굴이 활짝 피어났다.

"하나 본 맹주는 잠시 시선을 바꿔보고자 하오."

진무극이 천천히 자리에서 일어나 영호 상인 쪽으로 걸음을 옮겼다. 영호 상인은 불편한 기색이었지만, 진무극의 표정은 태연하기만 했다.

"원이 물러나고 새로이 천자께서 등극하실 때에, 무림은 혼란함 그 자체였소. 백성들의 안위를 살피고저 원을 응원한 곳도 있었고, 황군을 도와 원과 맞선 곳도 있었지요."

무림의 태산북두, 소림사는 가장 먼저 백성들을 생각했다. 그렇지 않아도 흉년이 들었거니와 지역 곳곳에서 일어난 내전으로 인해 백성들은 핍박을 받고 있었다.

그들은 원 조정의 편을 들어 내전을 마무리 짓고, 백성들을 돌보아야 한다고 생각했다.

그러나 원은 결국 패퇴하고 말았고, 오로지 백성만을 생각했던 소림사는 끈 떨어진 연이 되고 말았다.

그들이 선종 본연의 모습을 다시 찾은 데에는 연왕을 도왔던 도연 국사의 덕이 컸다. 선종의 승려였던 도연은 훗날 소림사를 재건하는 데 많은 도움을 주었다.

반대로 명의 건국에 도움을 준 문파도 있었다.

그들의 성세는 지금까지도 쇠하지 않았다.

"그러나 명이 세워진 이후는 달랐소. 무림맹이 창설된 까닭이오. 아직까지도 비밀에 부쳐진 것이시만, 여기 계신 분들은 모두 알고 있겠지요. 그렇소, 황상의 밀명이 있었소이다."

조정은 흔히 무림을 야인들의 세계로 치부한다. 소문대로 신선지경에 달한 무인이 있다 해도 그러한 태도는 바뀌지 아니하리라. 소문이 사실이라 해도 황군을 능가할 수는 없다.

그러나 그들을 무시할 수는 없는 노릇이었다.

태행마도(太行魔刀) 73

당장 남궁세가의 경우만 보아도 알 수 있다.

그들은 황상의 손이 닿지 않는 곳에서 백성들을 돌보았는데, 개중 몇몇 이들은 군부의 어떤 무인보다도 강한 무위를 자랑했다.

남궁세가의 무위를 확인한 조정은 그들 중 일부를 무관으로 불러들이는 한편, 은밀히 무림맹의 창설을 명했다.

일월신교(日月神敎)!

당금 강호에 마교라 알려진 사교를 징벌하기 위함이었다.

무림맹의 창설과 동시에 속수무책으로 밀려난 마교는 결국 청해 너머로 사라져 버리고 말았다.

그러나 그것은 전조에 불과했다. 일월신교가 물러나며 그보다 더 큰 재앙이 닥친 것이다. 한때 일월신교도였으나 훗날 복수를 다짐했던 혈마가 바로 그였다.

그는 정도 무림이 그렇게 부른다면 정말로 마인이 되겠다며 스스로를 혈마라 칭했다. 그리고 일월신교의 잔당을 불러모아 천하에 혈란을 일으켰다.

그의 무위는 일월신교의 교주 혁련소보다도 월등히 강했다. 강호무림의 누구도 감히 그를 맞상대하지 못했다.

하늘의 도움이 없었다면 그를 물러나게 할 수 없었으리라.

"왜 다들 말이 없소? 혹여 모르시는 것이오? 그렇다면 내 직접 일러 드리리다. 황상께서 창설을 명하시며 내린 밀명은,

마교와 혈마곡을 제압하라는 것이었소! 정난변 이후인 작금에도 그러한 상황은 변하지 않소이다!"

진무극이 버럭 고함을 질렀다.

창천검전이 바늘 떨어지는 소리가 들릴 만큼 고요해졌다. 마교와 혈마곡은 무림맹이 창설하게 된 근본 목적, 그를 무시할 수는 없었던 것이다.

"하나 타초경사의 우를 저지를 필요는……."

곤륜파의 운지 도인이 더듬더듬 입을 열었다.

진무극이 날카로운 눈으로 그를 쏘아보았다.

"설령 그런다 한들 어떠하오? 차라리 그들 중 정도를 걷는 이를 내세워 무가를 이루게 두시오. 곤륜은 도문이지 않소. 그게 아니라면, 혹시 속세로 내려가시려는 것이오?"

흔히 강호를 구파일방과 오대세가의 천하로 빗대곤 한다.

구파일방은 유불선(儒佛仙)의 열 개 문파를 일컫는 것으로, 주로 도관과 사찰이 많다. 수양의 방편으로 무학을 익힌 그들은 조정의 손이 닿지 않는 곳에서 백성들을 돌본다. 세력을 이루고 권력을 노리는 것과는 거리가 먼 셈이었다.

반면 오대세가는 지방 호족에서 시작해 무벌로 자라난 경우였다. 그만큼 조정의 견제를 많이 받지만, 그들은 구파일방과 달리 속세에 머물러 있었다.

구파일방과 오대세가에는 약간의 차이가 있는 것이다.

"……."

진무극의 말은, 도관의 본분만 지킨다면 누가 무가를 이루든 상관없지 않느냐는 뜻이었다. 수양하는 것이 도사의 본분이니, 운지 도인은 더 이상 입을 열지 못했다.

진무극이 길게 한숨을 내쉬었다.

"후우— 물론 운지 도인의 걱정도 이해 못할 바는 아니오. 정사지간의 문파들이 많다 했으니, 자칫 그들이 일전이라도 벌인다면 백성들의 고초가 이만저만이 아니겠지요. 하여 중도를 걷고자 하오. 무영대의 인원만으로는 부족하니, 사신대를 더하여 조사하게 하겠소. 단, 이 일은 강호에 공표하지 않고 비밀에 부치리다. 어떠하오?"

강호에 공표하지 않겠다는 당근과 사신대를 가져가겠다는 채찍이 섞인 제안이었다. 하지만 말 그대로 중도에 가까운 의견이니, 이를 거부할 수 있는 문파는 많지 않았다.

"무엇들 하시오. 어서 마무리하고 남양(南陽) 단(段) 어르신의 문제를 논해야 하지 않소이까?"

"…어쩔 수 없구려."

마음에 들지 않는 듯 미간을 찌푸렸던 운지 도인과 영호 상인이 마침내 고개를 끄덕였다.

"좋소, 그럼 그리 알고 있겠소이다."

진무극이 말을 마치자 여기저기서 헛기침이 터져 나왔다.

진무극의 언사가 마음에 들지 않기 때문일 터였다.

 진무극은 눈을 지그시 감았다.

 '차라리 그대들이 옳고 내가 틀린 것이라면 좋으련만.'

 만약 그렇다면, 설령 탄핵을 당한다 해도 즐겁게 무림맹을 나설 수 있었다. 하지만 그게 아니라면…….

 '전 무림은 물론 황군까지 나서게 되리라.'

 일인천하(一人天下)!

 혈마는 바로 그런 자였다.

2

 동생들과 헤어진 소량은 먼저 격전이 벌어졌던 곳으로 향했다. 자신의 손에 목숨을 잃은 시체들과 마주하는 것은 괴로운 일이었지만, 할머니의 흔적을 찾기 위해서는 어쩔 수가 없었다. 천만다행히 아직 혈사(血事)가 알려지지 않았는지 관군은 보이지 않았다.

 하지만 두 시진이 넘도록 흔적을 뒤져도 할머니의 흔적을 찾지 못했다. 손자국 몇 개와 발자국을 찾아내긴 했지만 그뿐이었다. 할머니의 무위가 워낙에 드높거니와 추종술을 배우지 못한 까닭에 한계가 명확했던 것이다.

 할머니께서 돌아가신 것일지도 모른다는 불안감이 또다시

고개를 들었다.

'아니, 살아 계신다. 살아 계실 거야.'

소량은 애써 마음을 다독였다.

설령 그것이 헛된 희망이라고 해도, 소량은 조금도 포기할 생각이 없었다. 그로부터 반 시진을 더 훑어보던 소량은 뒤늦게 장운이 해주었던 이야기를 떠올릴 수 있었다.

"태행마도(太行魔刀)인가 하는 큰 도적놈이 무한삼진에 얼씬 댄답니다. 얼마나 흉악한 놈인지, 천지사방에 원수가 한두 명이 아닌 모양이에요. 그놈을 잡아 죽이겠다며 무한삼진으로 오는 무사들이 적지 않다고 합니다."

흑의인들의 시신이 무려 육십을 넘는다.

상인이나 양민들이라면 모르겠으나, 유입되는 무인의 숫자가 그만큼 많다면 관아에서도 관심을 가지게 마련. 그러나 관아에서는 아무런 말도 하지 않았다.

어쩌면 그게 태행마도 때문일지도 모른다. 혹시 흑의인들은 태행마도를 이용해 관아의 눈을 가린 것은 아닐까.

태행마도와 흑의인은 한패가 아닐까.

'억측이다, 억측이야.'

억측이라고는 생각했지만, 지금으로서는 방법이 없었다.

할머니의 흔적도, 곽서문이나 다른 흑의인의 흔적도 발견하지 못한 지금으로서는 그것이 유일한 끈인 것이다.

소량은 지푸라기라도 잡는 심정으로 한구(漢口)로 향했다. 무창(武昌), 한구, 한양(漢陽)을 통틀어 무한삼진이라 하는데, 무창에서 그와 같은 자를 본 적이 없으니 한강(漢江) 쪽을 뒤져 봐야 했다.

현재 소량은 한구의 저잣거리에 당도해 있었다.

한구의 저잣거리는 제법 시끌벅적했다.

잔치라도 있었는지 저잣거리 중앙에서 사자무(獅子舞)를 추는데, 그 주위로 대나무를 태워내는 폭죽 소리와 사람들의 웃음소리가 끊이지 않았다.

'한구나 한양이 머지않은데, 생각해 보면 나는 무창을 떠나본 적이 없구나.'

한구의 저잣거리를 둘러보던 소량이 씁쓸한 미소를 지었다.

하지만 조금의 시간이 지나사 어려 있던 미소는 금방 사라지고 말았다. 웃음을 터뜨리는 백성들 뒤로 도검을 찬 무인들이 조용히 스쳐 지나가는 것이다.

조금 더 자세히 보니, 기병을 든 무인이 한둘이 아니었다.

소량의 눈빛이 반짝 빛났디.

'태행마도라는 자는 원수가 한둘이 아니라 했지.'

저들이 태행마도를 쫓는다면 일이 쉬워질 수도 있었다. 그들을 안내삼아 가다 보면 태행마도를 만나게 될지도 모르는 것이다. 다만 불안한 것은 태행마도가 흑의인과 한패인지, 아닌지 확신할 수가 없다는 점이었다.

'내 예상이 옳기만을 바랄 수밖에 없다.'

소량은 떠오르는 불안감을 억지로 삼켜 버렸다. 불안해하며 지체하느니, 틀리더라도 움직이는 편이 나았다.

소량은 잠시 머뭇거리다가 한구소월(漢口小月)이라는 객잔으로 걸음을 옮겼다.

"어서 오십쇼!"

점소이가 쪼르르 달려나와 반겼다.

중년의 나이였는데도 불구하고 연신 굽신굽신거리는 것이, 오가는 무인 때문에 겁을 잔뜩 집어먹은 모양이었다.

아니나 다를까, 객잔 안은 무인들로 가득했다.

병장기를 든 사람이 많으니 백성들은 어지간해서는 한구소월 안으로 들어오려 하지 않았다.

"이쪽에 앉으시지요. 어서 차를 내오겠습니다. 무엇을 주문하실는지······."

"계사면(鷄絲麵)이 있으면 한 그릇 부탁드립니다."

계사면, 온로면(溫滷麵)같은 소면이나 만두는 고가의 것이라기보다는 간단히 배를 채우는 음식에 불과했다. 가진 것이 없는 소량으로서는 그것 외에는 시킬 것이 없었다.

점소이가 다시 머리를 조아렸다.

"금방 가져오겠습니다요."

"예, 고맙습니다."

소량이 어수룩하게 고개를 숙여 인사했다.

알게 모르게 소량을 관찰하던 주위의 무인들이 실소를 머금었다. 그럴듯한 철검 한 자루를 패검하고 있기에 호기심을 가져보았는데, 영락없는 강호초출인 것이다.

"쯧쯧. 이제는 개나 소나 전부 태행마도를 찾는군."

"태행마도의 무위가 하늘에 닿았으니, 함부로 덤볐다가는 목숨을 부지하기 어려울 터인데."

면포배자 위에 청색 무복을 겹쳐 입은 무인 두 명이 혀를 차며 말했다.

"놔두게. 보아하니 강호에 뜻을 두고 비급이라도 얻어볼까 해서 나온 모양인데, 혼쭐이 나거든 다시 집으로 돌아가겠지."

나름 조용히 이야기하고 있었지만, 소량은 그 소리들을 하나도 놓치지 않고 들을 수 있었다.

소량은 쓴웃음을 머금으며 자신의 차림을 둘러보았다.

허름한 면포배자, 아무 천으로 동여맨 선(巾), 낡은 철검.

어디를 봐도 어설프기만 하다.

'그보다 비급이라니, 그것은 무슨 뜻일까?'

소량은 무인들의 대화에 귀를 기울였다.

하지만 안타깝게도 무인들은 더 이상의 대화를 나누지 않았다. 점소이가 계사면을 가져오자 소량은 저(箸)로 그것을 뒤적거렸다.

'개나 소나 태행마도를 찾는다, 비급이라도 얻어볼까 해서 나온 모양이다… 어떤 비급인지는 모르겠지만, 그것을 찾는 사람이 많은 모양이로구나.'

강호 경험은 짧았지만, 그렇다고 오성마저 둔한 것은 아니었다. 잠시 무언가를 생각하던 소량이 후다닥 계사면을 먹기 시작했다. 그리 오래 지나지 않아 국물까지 들이켠 소량이 차로 입안을 헹구고는 조용히 점소이를 불렀다.

"저기, 잠시만요."

"예, 손님! 무엇을 찾으십니까?"

"저, 부근에 태행마도라는 사람이 있다 하던데요."

소량이 속삭이는 척, 하지만 객잔 안의 사람들이 다 들을 수 있을 만한 목소리로 말했다. 무인들이 더 이상 이야기를 하지 않는다면, 억지로라도 하게 만들어야 하는 것이다.

아니나 다를까. 주위의 무인들 입에 슬며시 미소가 떠올랐다. 시골에서 갓 올라온 소년이 포부도 좋게 태행마도를 추적한다고 생각한 탓이었다.

심지어 점소이까지도 웃음을 머금고 있었다.

"태행마도 곽주(郭珠)라는 마두가 부근에 있습죠, 예."

"저, 그 사람이 무슨 비급을 가지고 있다던데……."

점소이가 눈을 반짝 빛냈다. 한눈에 봐도 어수룩하게 보이는 것이, 잘하면 사례조로 푼돈을 벌게 될 수도 있었다.

"그렇습죠. 소문에 따르면 말입니다, 태행마도가 도천존(刀天尊), 다름 아닌 도천존 단천화(段貋和)의 비급을 훔쳤다지 뭡니까!"

"도천존?"

"예, 도의 하늘에 이르렀다는 그분 말입니다. 본래 그분은 남양 어딘가에 은거해 계셨는데, 얼마 전 벗이 귀천했다는 소식에 잠시 자리를 비우셨답니다. 그 틈에 태행마도 그놈이 몰래 숨어들어가서 그냥 싹!"

점소이가 그럴듯하게 무언가를 낚아채는 시늉을 했다.

소량은 주위를 흘끔거려 무인들의 얼굴을 살펴보았다. 수염을 쓰다듬으며 생각에 잠겨든 것이, 점소이의 말은 틀림없는 진실인 듯했다.

"도천존 단천화의 비급이라."

소량이 조그맣게 중얼거렸다.

노전손 단천화는 강호의 일에 나서기를 좋아하지 않는 사람으로, 남양에 은거하여 속세가 있는지 없는지 모르게 살았다.

그에게는 한 명의 벗이 있었는데, 얼마 전 귀천한 군자검(君子劍) 조무양(曹無恙)이 바로 그였다. 세상에 나서지 않던 그였지만 그때만큼은 나서지 않을 수 없었다.

바로 그게 화근이 되었다.

그가 자리를 비운 틈에 그가 머물던 상산도원(常山刀院)에 태행마도가 침입한 것이다. 그는 단천화의 비급을 가져갔고, 그 길로 천하 무인들의 추적을 받게 되었다.

많은 피가 흘렀으니 머지않아 무림맹도 움직이게 될 터였다. 무림맹이 움직이고 나면 방법이 없으니, 일반 무인들에게는 지금이 마지막 기회라 할 수 있었다.

'다른 이에게는 모르겠으나, 내게 도천존의 비급은 상관없는 이야기다. 그저 할머니의 행방만 알 수 있으면 돼.'

몇 가지 질문을 통해 점소이가 신뢰할 만하다고 생각한 소량이 허리를 죽 펴고는 마지막 질문을 던졌다.

"그래, 그 태행마도라는 자는 어디에 있다고 합니까?"

점소이가 환히 웃으며 입을 열었다.

"그야 북쪽의 운(雲)······."

"어흠, 험!"

재미있다는 듯 소량과 점소이를 관찰하던 청색 무복의 무인이 헛기침을 내뱉었다. 태행마도의 현재 위치가 공공연한 비밀이라고는 하지만, 그렇다고 일부러 알려줄 필요는 없었다.

소량은 청색 무복의 무인을 흘끗 보고는 소매에서 구리돈 육십 문가량을 꺼내어 놓고 자리에서 일어났다.

"알려주어 고맙습니다."

소량이 고개를 꾸벅 숙이자 점소이의 얼굴에 미소가 잔뜩 떠올랐다. 본래 계사면이 이십 문인데 소량은 그 세 배를 놓고 일어난 것이다.

그리 큰돈이 아니긴 했지만, 들어올 때부터 태도도 정중하고 예의 바른 사람이니 점소이는 그쯤으로 만족하기로 했다.

"가시렵니까? 헤헤, 조심해서 가십쇼! 그리고 말입니다."

점소이가 조심스레 소량의 귓가에 입을 가져갔다.

자리에서 일어났던 소량이 떨떠름한 표정을 지었다.

"어지간하면 이런 소리 하지 않는데… 댁으로 돌아가십쇼. 왜 군자는 소란을 피하는 법이라고도 하지 않습니까. 무인 된 자존심이야 알겠지만, 이런 일에는 끼어들지 않는 것이 득이랍니다."

"예, 충고 고맙습니다."

소량이 쓴웃음을 지으며 대답하자, 점소이가 다시 한 번 머리를 숙여 보이고는 몸을 돌려 조방으로 사라졌다.

소량은 무인들을 한 번 훑어보고는 객잔을 나섰다.

사자무가 끝나가는지, 사방에서 폭죽 터지는 소리가 들렸다. 사람들이 분주히 오가는 저잣거리에서 소량은 물끄러미 북쪽을 바라보았다.

'운 다음의 말은 잘 듣지 못했지만, 평성(平聲)인 듯했어.'

소량은 점소이가 하려다 만 말을 몇 번 되뇌어보았다. 홍(紅)자와 비슷한 발음이 뒤섞인 것 같았다.

'운홍? 아니다. 그럼 운행?'

소량은 눈을 감고 몇 마디 단어를 되뇌어보았다. 그중 가장 익숙한 단어가 바로 운향(蕓香)이었다.

'운향이라? 들어본 적이 있어.'

소량의 머리가 빠르게 회전했다.

소량은 무창을 떠난 적이 없었지만, 동시를 보러 갔던 태승이나 승조는 무창을 떠나 이곳저곳을 다녀왔다. 특히 승조는 돌아오고 나면 어디가 좋다더라, 하고 떠들고는 했다.

'태승이는 아니었어. 승조였을 것이다. 분명히 승조가 운향에 관해 말한 적이 있다.'

소량의 시선에 한구를 굽어보듯 내려다보는 산 하나가 보였다. 소량이 그제야 기억이 난 듯 작게 탄성을 내뱉었다.

"운향산."

산의 이름은 바로 운향이었다.

어느새 밤이 깊어가고 있었다. 한구의 저잣거리에서도, 거부들이나 살 법한 장원에서도 불이 꺼졌다. 달이 중천에 떠 있으니, 깨어 있는 자가 드물 법도 했다.

하지만 운향산은 달랐다. 산불이라도 난 것처럼 여기저기에서 횃불이 춤을 추는 것이다.

중간 중간 병장기가 울리는 소리가 들리기도 하는 것이, 천라지망(天羅地網)이라도 열린 듯했다.

아니, 어쩌면 천라지망보다도 심하다 해야 할 것이다. 수많은 무인들이 각각의 욕심을 가지고 쫓으니, 끈질기기로는 아교보다 더하고 독하기로는 독충에 비할 바가 아니다.

나무 위에 선 소량이 서글프게 그 모습을 내려다보았다.

'강호란… 도대체 어떤 곳인가.'

세상에 나오지 않으려던 소량이었다. 할머니와 함께 목공일이나 하다가 마음이 맞는 처자를 만나 일가를 이루는 것이 소량의 욕심이라면 욕심이었다.

그런 소량에게 강호는 너무나 낯설고 어색한 곳이었다.

'오는 동안에만도 죽은 사람을 넷이나 보았어.'

비급을 노리고 태행미도라는 자를 공격했다가 당한 사람일 터였다. 원한과 분노가 뒤섞인 시신의 표정에는 미망(未忘)이 넘쳐흘렀다. 무슨 미망이 그렇게 많았던 것일까. 비급을 가지지 못한 미련일까, 헛된 것을 노렸다는 후회였을까.

'무학이 도대체 무엇이기에……'

차라리 곽서문이라는 자와 맞서 싸울 때가 나았다. 지금은 그때보다도 배는 두려운 것 같았다.

　인간의 욕망이 두려웠고, 그 인간들이 모여 만든 세상이 무서웠다. 더 가지고자, 더 높은 곳으로 올라가고자 하는 욕망을 이해 못할 바는 아니나 그래도 두려웠다.

　'할머니.'

　소량은 무심코 할머니를 떠올렸다. 세상을 떨쳐 울릴 무학을 가지고도 그녀는 욕심이라고는 없이 초야에 묻혀 살았다.

　다름 아닌 자신들과 말이다.

　'할머니를 찾자.'

　할머니를 찾으면, 세상 밖으로 나오지 말자.

　원래 그러기로 했던 것처럼 평범한 여인을 만나 혼인하고 늙어가자. 욕심일랑 거둬두고 그렇게 살자.

　상념에서 깨어난 소량이 눈빛을 빛냈다.

　먼저 사람들이 몰려드는 곳으로 향해야 했다. 그들이 향하는 곳에 태행마도가 있을 테니까 말이다.

　주위를 둘러보던 소량이 나무 아래로 뛰어내렸다.

　툭.

　제법 높은 곳에서 떨어졌음에도 소리는 가느다랗기만 했다. 소량은 나무의 밑동에 서서 철검의 자루를 어루만졌다.

　"후우—"

　마음을 가라앉히고 호흡을 고르니, 천지간의 소리가 들려왔다. 그와 동시에 아랫배에서 기운이 일어나 사지백해로 뻗어나갔다. 소량은 눈을 지그시 감고는 청력을 돋웠다.

"기억해 두시오. 궁주께서 약속을 잊지 않는다면, 우리 정검문(正劍門)과 귀궁은 함께 영락을 누리게 될 것이오."

"본 궁주가 약속을 어길 리가 있겠소? 염려치 마시오. 사실 본 궁주는 같은 질문을 문주께 하고 싶은 심정이외다. 허허허!"

"나는 평생을 살면서 신의를 어겨본 적이 없으니 믿으셔도 좋소이다. 그나저나 궁주께서 보낸 수하가 아직 당도하질 않는… 오! 저기 오는군."

소량의 눈매가 꿈틀거렸다. 몇 마디 대화만으로는 가늠이 쉽지 않은 탓이었다. 다만 방향만은 가늠할 수 있었다.

'남쪽이다. 십 장, 아니, 십오 장쯤 되는 것 같은데.'

소량은 눈을 더더욱 세게 감고는 다시금 귀를 기울였다.

이내 정검문의 문주라는 사람과 무슨 궁주라는 사람이 무어라 대화를 나누기 시작했다.

"들으셨소? 부근 오십여 장 안이라니, 너무 허술하구려."

"쉿! 듣는 귀가 있을까 두렵소. 그래도 방향조차 짐작하지 못하는 다른 이들보다는 낫지 않소. 북서쪽에 있다니, 어서 가봅시다."

소량이 번쩍 눈을 떴다. 마침 소량이 서 있는 곳이 그들보다 서쪽이었으니, 바로 이 근방에 태행마도라는 자가 있는 셈이었다. 소량은 심각한 얼굴로 주위를 둘러보기 시작했다.

'저쪽인가?'

소량이 그렇게 생각할 무렵이었다. 어디선가 낯선 목소리가 들려왔다. 여인의 것처럼 가는 목소리였다.

'어린아이의 목소리?'

소량이 당혹스러운 표정을 지었다.

"잘못, 잘못했어요. 제발 살려주… 크윽!"

매를 맞고 있던가?

연신 잘못했다고 비는 어린아이의 목소리 뒤로 둔탁한 소리가 들려왔다. 소량은 그것이 주먹으로 후려치는 소리라는 것을 알 수 있었다.

어린아이의 호흡은 점점 거세어져만 갔는데, 당장에라도 숨이 넘어갈 것 같았다.

소량의 표정이 다급해졌다.

'남동쪽, 정확히 반대 방향이다. 어, 어찌해야 하지?'

하필이면 이때 저런 소리가 들려온단 말인가!

할머니를 찾으려면 북서쪽으로 가서 태행마도라는 자를 찾아야 하는데, 당장에라도 죽어갈 것처럼 가냘픈 신음이 정반대 방향에서 들려온다.

'나도 참 아둔하다! 무엇을 더 생각한단 말인가! 무학을 배

운 이유가 어디에 있는지 잊었단 말이냐!'

소량은 주먹을 꽉 쥐고는 이를 뿌드득 갈았다.

'속전속결, 최대한 빨리 아이가 있는 곳으로 간다면 그리 늦지 않게 돌아올 수 있을 것이다.'

결심을 하고 나니 움직임이 빨라졌다. 소량은 가진바 내공을 거의 다 끌어올리다시피 해 용천혈(湧泉穴)로 보내었다.

소량의 신형이 쏘아낸 화살처럼 빠르게 쇄도했다.

'서둘러야 한다. 정검문의 문주라는 자와 궁주가 태행마도를 찾아낸다면, 내가 당도하기 전에 그를 죽인다면 할머니를 찾을 방도가 없어.'

마음이 점점 더 조급해졌다. 소량은 혼란스러운 마음을 다스리려 애쓰며 가진바 내공을 전부 끌어올려 경공을 펼쳤다.

잠시 뒤, 목적지에 당도한 소량이 신음을 길게 토해냈다.

"으음……."

수천 년은 묵은 것처럼 굵디굵은 나무 앞에 한 명의 거한이 서 있었다. 머리를 벅벅 밀고 승복을 입은 서한은 한 손에 붉은 늑대가 양각된 도를 들고 있었는데, 다른 손에는 어린아이의 머리가 잡혀 있었다.

그 앞에는 한쪽 팔을 잃어버린 젊은 무인이 정신없이 뒤로 기어가고 있었다.

"커헉! 쿨럭, 쿨럭!"

"괜찮으십니까?"

무인이 피를 토해내자, 소량은 얼른 그에게로 달려갔다.

젊은 무인은 한구소월이라는 객잔에서 만났던 무사들처럼 면포배자에 청색 무복을 겹쳐 입고 있었는데, 단전 부근을 베였는지 하반신이 피로 범벅이 되어 있었다.

"이런……."

소량의 손길이 다급해졌다. 비록 의술을 알지는 못하지만, 혈도에 관해서만은 약간이나마 아는 소량이었다.

소량은 몇 개의 혈도를 두드려 먼저 피부터 막아갔다. 젊은 무인은 소량의 손길조차 의식하지 못했는지 뒤로 물러나려고 애를 썼지만 말이다.

"가만히! 가만히 있으셔야 합니다!"

"귀가 밝은 놈이 있었군."

소량의 등골에 소름이 쭈뼛 돋아 올랐다. 거대한 살기가 파도처럼 소량을 덮쳐 버린 까닭이었다.

"당신은 누구십니까?"

무인의 혈도를 모두 점혈한 소량이 천천히 고개를 들었다.

소량을 물끄러미 바라보던 승려 복장의 거한이 어린아이에게로 시선을 돌렸다. 그의 커다란 손에 쥐인 아이의 머리통이 사과처럼 작게만 보였다.

"그러게 조용히 하라고 하지 않았느냐. 기껏 만천과해(瞞

天過海)의 계책을 펼쳤는데, 귀찮게스리."

 조금 전, 거한은 자신을 찾아온 젊은 무인을 베었다.

 그가 신호를 보내기 전에 제압해야 했던 고로 그의 손속은 빠르고도 잔인했다.

 그러나 승려로 변장하기 위해 납치해 온 아이가 문제를 일으켰다. 사람의 죽음을 보고 비명을 질러 버린 것이다. 다급한 마음에 발로 걷어차자, 이번에는 잘못했다고 빌기까지 했다.

 "커헉!"

 거한이 아이를 바닥에 내팽개쳐 버렸다. 바닥과 부딪혀 비명을 토해낸 아이가 괴로운 듯 몸을 부르르 떨었다.

 소량의 표정이 한층 더 차가워졌다.

 "당신은 누구냐고 묻지 않았습니까."

 "허어! 여기까지 찾아와 놓고 이름을 묻느냐? 내가 바로 곽주다! 천하의 도천존의 비급을 훔친 대도(大盜), 그게 바로 나란 말이다!"

 거한, 아니, 태행마도 곽주가 호탕하게 웃으며 외쳤다.

 소량의 눈빛이 반짝 빛났다.

 "태행마도 곽주?"

 예상치 못하게 득을 보게 되었다. 할머니와 이어질 수 있는 마지막 끈을 생각보다 빨리 만날 수 있었던 것이다.

 "호오, 현문(玄門)의 제자인가? 내 정체를 듣고도 눈빛이 맑군, 그래."

대부분의 무인은 태행마도라는 별호를 듣자마자 탐심부터 보였다. 아니, 대부분이 아니라 태행마도가 운향산에서 만난 무인은 전부 다 그랬다.

하지만 소량은 달랐다.

"나는 비급 따위에는 관심이 없소. 다만 몇 가지를 묻고 싶소이다. 그대는 혹시 신모라는 분을 아시오?"

"비급에 관심이 없다? 크하하! 그거 걸작이로구나."

태행마도 곽주가 껄껄 웃음을 터뜨렸다. 재미있다는 듯 웃던 그가 고개를 절레절레 저으며 쓰러진 아이에게로 향했다.

"신모라? 그래, 어떤 신모를 찾는가? 무산에는 무산신모(巫山神母)가 있고 천산에는 천산동모(天山童母)가 있지. 그중 누구를 찾는가?"

"걸음을 멈추시오."

소량이 차가운 목소리로 되뇌었다.

태행마도의 보보마다 살기가 묻어났다. 아이에게로 성큼성큼 걸어가는 모습이 단숨에 밟아 죽이려는 것만 같았다.

소량의 경고에도 불구하고 태행마도는 걸음을 멈추지 않았다. 오히려 실소를 머금는 것이 소량을 비웃는 듯했다.

"걸음을 멈추지 않으면 출수하겠소."

"크하하! 나 태행마도가 강호를 종횡한 지 이십 년! 그동안 너처럼 광오하게 말한 자는 없었… 큭?"

쐐애액—!

아이의 머리통을 터뜨리기 위해 다리를 들어 올리던 태행마도가 경악한 듯 뒤로 물러났다. 곧 그의 발이 있던 자리로 돌멩이 하나가 빠르게 스쳐 지나갔다.

두터운 나무등치에 작은 구멍이 생긴 것을 본 태행마도가 노기 어린 얼굴로 소량을 돌아보았다.

"탄지공(彈指功)?"

"아이에게서 물러나시오."

소량이 천천히 자리에서 일어나며 말했다.

처음엔 어리둥절한 표정이던 태행마도의 입가에 조금씩 미소가 피어올랐다.

"이거, 보통의 애송이가 아니었군?"

"신모를 모른다 하니, 한 가지만 더 묻겠소. 이 표식을 아시오?"

허리춤에 매달려 있던 소량의 검이 빛을 발했다. 눈 깜짝할 사이에 일곱 번이나 검을 놀린 소량이 천천히 착검했다.

소량의 앞에는 다섯 개의 빗금이 그어져 있었다. 빗금 주위로 두 번 휘어진 곡선이 있었는데, 곡선은 첫 번째 빗금에서 시작되어 마지막 빗금에서 끝나 있었다.

곽서문과 격전을 벌였던 곳을 세 시진이나 뒤진 이후에 찾아낸 것이 바로 그 표식이었다. 아마 곽서문의 어깨를 벨 때 그가 떨어뜨린 물품 중 하나에서 찾았던 것 같다.

표식을 보자 태행마도의 낯빛이 변했다.

소량을 살펴보던 태행마도는 곧 그가 바닥에 그려진 표식을 사용하는 곳과는 무관하다는 것을 확인할 수 있었다.

"크흐흐. 그곳에 대해 알아서 무엇 하겠느냐? 무서워 오줌이나 지릴 것이 분명한데."

"그곳?"

소량이 미간을 찌푸리며 되물었지만, 태행마도는 더 이상 대화를 나눌 생각이 없다는 듯 도를 들어 올릴 뿐이었다.

"더 말해봐야 입만 아프리라. 보아하니 솜씨가 제법인 모양인데, 네가 나 태행마도를 당해낼 수 있겠느냐?"

말을 마친 태행마도가 내공을 끌어올릴 즈음이었다.

그의 발치에 죽은 듯 쓰러져 있던 아이가 벌떡 일어나더니, 소량이 있는 곳으로 달음박질 치기 시작했다. 이대로 있다가는 목숨이 위험하다는 것을 깨달은 것이다.

"헉! 이, 이놈이?!"

도대체 왜일까.

태행마도의 안색이 급변했다. 그는 소량을 앞에 놓고도 관심이 없는지 대뜸 아이를 쫓으려 들었다.

소량이 다급히 그의 앞을 막았다.

"가게 두시오!"

"비키지 못할까!"

태행마도의 도초가 소량에게 쏟아졌다.

천애
협로

1

곽주는 본래 섬서 사람으로, 도축(屠畜)을 하던 자였다.

천성이 흉폭하고 신력을 가진 탓에 그는 주위 사람들과 잘 어울리지 못했는데, 우육을 재촉하는 상인 하나를 때려죽인 이후로는 아예 섬서를 떠나 버리고 말았다.

훗날 녹림에 든 그는 채주에게서 몇 가지 도법을 배웠고, 그 재주가 뛰어나 내공에까지 입문하게 되었다.

그의 무위는 점점 더 일취월장했는데, 마침내는 무학을 가르쳐 준 채주를 베어버리고 산채를 장악하기에 이르렀다.

그때에 얻은 별호가 바로 태행마도였다.

"쥐새끼 같은 놈이로다!"

소량이 황급히 뒤로 물러나자 태행마도가 노호성을 터뜨렸다. 아까부터 공격은 하지 않고 내내 피하기만 하는 것이다.

다만 반격할 때가 있다면 조금 전 그가 베어 넘겼던 젊은 무인에게 위기가 닥쳤을 때뿐이었다.

"어줍지 않게 협사 흉내를 내느냐!"

태행마도가 몹시 조급한 듯 고함을 질렀다. 사실 그에게는 상황을 빨리 정리해야 할 세 가지 이유가 있었다.

첫 번째는 언제 무인들이 닥칠지 모른다는 점이었다.

칠 주야째 운향산을 벗어나지 못한 것도 무인들의 욕심이 만들어낸 천라지망 때문이다. 마음만 먹으면 얼마든지 베어버릴 수 있는 조무래기들이긴 했으나, 역시 한 손으로 열 손을 당해낼 수는 없었다.

두 번째는 내상 때문이었다.

도천존 단천화가 머무는 상산도원에는 몇 명의 노복밖에 없었지만, 그 안에는 섬뜩한 진법이 깔려 있었다. 군자검 조무양보다 십여 년 빨리 귀천했던 신기자(神機子) 소정민(蘇貞珉)이 만든 기관진식이었다.

그리고 마지막 이유는……

'저 아이, 저 아이의 시신이라도 챙겨야 한다!'

태행마도의 눈빛이 붉게 달아올랐다.

반면 소량은 태행마도에 비하면 약간이나마 여유로운 셈이었다. 태행마도가 조급해할수록 소량은 더 쉽게 공격을 피해낼 수 있었다.

'틀림없이 표식에 대해 알고 있다. 흑의인과 한패는 아닌 것 같지만, 그에 대해 알고 있는 자야. 어떻게든 답을 얻어내야만 한다.'

소량이 철검으로 부드러운 곡선을 그리며 제자리에서 껑충 뛰어올랐다. 소량이 다시 착지한 곳은 태행마도보다 두어 걸음 뒤쪽이었다.

"표식을 사용하는 곳에 대해 알고 있는 바를 말해주시오."

"닥쳐라, 이놈!"

쿠웅—!

태행마도가 발을 한차례 구르자, 땅이 부르르 떨려왔다. 나름 기세를 돋우어 진각을 밟은 것이다. 소량은 대경하여 쓰러진 젊은 무인의 앞을 가로막았다.

"이익!"

"호오. 협사라, 협사?"

태행마도의 입가에 섬뜩한 미소가 떠올랐다. 곧 그는 마구잡이로 도를 바닥에 내리찍었다. 소량에게가 아니라, 젊은 협사에게로 말이다.

소량이 놀란 듯 눈을 크게 떴다.

"그만두시오!"

"그만두긴 무얼 그만두란 말이냐! 크하하. 도망치는 재주 하나는 비상하지만, 초출인 태가 역력하구나. 어찌 생사의 간극에 서서 타인의 목숨을 먼저 신경 쓴단 말이냐?"

파악―!

태행마도가 발끝으로 땅을 비비자 흙먼지가 비산했다. 흙먼지에 섞인 모래 알갱이에는 작게나마 경력이 깃들어 있었다.

"칫!"

소량이 잇소리를 내며 검으로 둥글게 원을 그렸다. 내기를 섞어 원을 그리다가 검을 좌측으로 비트니, 놀랍게도 흙먼지가 젊은 무인만을 피해 흩어져 버렸다.

"제법이로구나."

이번만은 태행마도 역시 놀라지 않을 수 없었다.

그냥 피하는 재주만 좋은 애송이인 줄 알았는데, 제법 검인 흉내를 내는 것이다. 태행마도는 소량을 쏘아보다가 비죽비죽 실소를 머금었다.

"내 선배로서 알려주지. 너는 강호가 어떠한 곳인지 아느냐?"

"알고 싶지 않소!"

챙강!

태행마도가 젊은 무인에게 도초를 펼쳐 내자, 그가 그토록 듣고 싶었던 소리가 들려왔다.

소량이 피하지 못하고 그와 검을 마주한 것이다.

태행마도의 검에 실린 거력이 소량의 검으로 파고들었다. 내상까지야 입었겠냐마는, 검이 손상되는 것만은 막을 수가 없었다. 곽서문과 일전을 겨룬 곳에서 주웠던 철검에 금이 갔다.

"내 목숨이 걸렸거든 타인의 목숨을 취해야 하는 곳이 강호다. 명예가 걸렸거든 내 목숨마저 버릴 수 있어야 하고, 더 높은 무학을 위해서는 명예마저 버릴 수 있는 곳이 바로 강호다. 크흐흐. 저승길 가며 노부의 말을 곱씹어보아라."

더 높은 무학을 위해 명예마저 버릴 수 있다?

태행마도의 말이 소량의 귓가에서 떠나지 않았다. 실제로 여기까지 오며 네 명이 넘는 무인의 죽음을 보지 않았던가!

"그렇게… 그렇게 무학을 얻어 무엇을 하려고……."

검광과 도광이 함께 일렁였다.

눈 깜짝할 사이에 이십여 합이 지나간 것이다.

태행마도는 집요히게 쓰러진 젊은 무인만을 노리고 마령도법(魔靈刀法)을 펼쳤고, 소량은 오행검으로 그를 상대했다.

"세상 모두를 네 마음대로 할 수 있지! 원한다면 황궁에 들어가 황상을 조롱할 수도 있고, 재상을 겁박하여 발을 핥게 만들 수 있다! 뜻에 맞지 않는 자의 목을 취할 수 있고, 마음에 드는 여인을 길거리에서 취할 수도 있다! 네게 누이가 있느냐?"

격장지계(激將之計)라!

허황된 말로 소량의 심기를 흩으려는 태행마도였다.

그사이로 마령만천(魔靈滿天)의 초식이 펼쳐졌다. 개개의 위력은 약할지 모르지만 마령만천의 초식에는 허초가 없다.

콰콰쾅!

소량이 가볍게 검을 떨치자, 검영이 몇 개로 늘어나 마령만천과 마주해 갔다. 굉음과 함께 검명이 수차례 겹쳐 울렸다.

"누이, 아니면 여동생? 크하하! 말만 하여라! 내 너의 목을 벤 후 그 아이를 극락으로 보내어주마! 물론 그 이후에는 오라비와 만나게 해주어야겠지만 말이다! 벌써 그렇게 한 여인이 한둘이 아니지!"

"닥쳐! 닥치란 말이다!"

한껏 뒤로 물러난 소량의 검이 부르르 떨려왔다. 강호 경험이 깊지 못했던 소량은 어설픈 격장지계에 노기를 터뜨리고 만 것이다. 태행마도의 입가에 어린 미소가 더욱 짙어져

갔다.

"크하하, 크하하하!"

마침내 태행마도의 입에서 광소가 터져 나왔다. 노하여 덤벼들던 소량의 틈을 뚫고 일권을 날릴 수 있었던 것이다. 그의 도에 검을 부딪쳐 가던 소량이 피를 토하며 뒤로 튕겨났다.

"커헉!"

곧이어 젊은 무인의 뒤편에서 흙먼지가 일어났다. 소량이 바닥에 떨어지며 일어난 흙먼지였다.

"제법 재주가 있는 놈이었다만, 상대를 잘못 만났구나. 저승에서라도 타인의 일에 함부로 끼어들면 안 된다는 것을 깨닫도록 해라."

태행마도가 말을 마쳤을 즈음이었다.

사방에서 웅성거리는 소리가 들려왔다.

"저쪽이다! 저쪽에 태행마도가 있다!"

"누군가와 싸우고 있어! 지금이 기회다, 차륜전을 펼쳐야 해!"

태행마도의 얼굴이 구겨졌다. 예상보다 애송이를 상대하는 데 시간이 오래 걸린 것이다. 기껏 만천과해의 계를 펼쳐 이목을 돌려놓았는데, 모두 무용지물이 되고 말았다.

'아니, 어쩌면 승려 복장이 통할지도 모르지.'

칠 주야가 지나도록 제 모습을 유지하고 있다가 지금에 와서야 준비한 승복으로 갈아입은 태행마도였다. 강호에 그의 얼굴을 아는 자가 많다고 하나, 머리를 깎은데다가 인피면구까지 준비했으니 어쩌면 무사히 도주할 수 있을지도 모른다.

'어서 상황을 모면하고 도망친 애새끼를 찾아야 한다.'

태행마도가 성큼성큼 걸음을 옮겼다. 아니, 옮기려 했다. 소량이 쓰러진 곳에서 신음이 들려오지 않았더라면 벌써 자리를 벗어났을 터였다.

"…벌써 그렇게 한 여인이 한두 명이 아니라 했지?"

"으음……."

태행마도가 미간을 찌푸리며 시선을 돌렸다.

아직 권력(拳力)을 다스리지 못했는지 파리한 안색을 한 소량이 천천히 자리에서 일어나고 있었다.

일 장 가까이 튕겨나면서도 검을 놓치지 않은 소량이 그것을 곧게 들어 태행마도를 겨누었다.

"그래, 그 잘난 무공으로 몇이나 되는 사람의 목숨을 거두었느냐?"

도대체 왜일까.

얼음장처럼 차가운 소량의 눈을 보자 태행마도의 안색이 변해갔다. 서늘한 눈동자 속에서 섬뜩한 불길을 본 것이다.

창을 든 노무사 한 명이 자신을 노리고 덤벼드는 데도, 태행마도는 조금의 관심도 두지 않았다.

"죽어라, 태행마… 크헉!"

태행마도가 뺨을 후려치듯 손을 휘두르자, 창을 든 노무사가 뒤로 튕겨났다. 천만다행히 바닥에 아무렇게나 나뒹굴기 전에 소량이 그를 낚아챘지만 말이다.

소량은 천천히 노무사를 내려놓았다.

"기세가 달라졌군. 애송이는 아닌 셈이었나?"

"신모에 대해 모른다니, 이제는 상관없어. 표식에 관한 것은 다른 곳에서 알아볼 수 있겠지."

눈을 지그시 감은 소량이 동문서답을 했다.

어찌 보면 여태까지의 싸움은 소량이 불리했던 것일지도 모른다. 표식에 대해 알아봐야 한다는 생각 때문에 함부로 그를 공격할 수가 없었던 것이다.

그러나 이제 마음이 바뀌었다.

"마지막으로 한 가지만 너 물어보마. 후회하느냐?"

소량이 태행마도를 노려보며 나직하게 중얼거렸다.

"죽어라!"

태행마도가 대답할 생각이 없다는 듯 소량에게로 쏘아졌다.

소량은 더 이상 피하거나 뒤로 물러나지 않았다. 그가 배운 육합권도, 검로에 입문하기엔 이게 제격이라며 할머니께서 가르쳐 주셨던 오행검도 후퇴를 가르치지는 않는다.

쐐애액―!

소량의 철검이 부드럽게 원을 그리는가 싶더니, 이내 태행마도의 도를 타고 내려갔다. 그와 동시에 소량의 다른 손이 태행마도의 도병을 움켜쥐었다.

"분심이용(分心二用)?!"

태행마도가 크게 놀라 경악하여 말했다. 그는 정신없이 소량을 발로 찬 다음에 뒤로 성큼 물러났다.

소량이 빛살처럼 그의 뒤를 쫓을 때였다.

어떤 중년 무인 한 명이 태행마도에게 덤벼들었다.

"도천존의 비급은 나의 것이다!"

"크하하!"

뒤로 물러난 태행마도가 광오하게 웃으며 중년 무인의 머리를 움켜쥐었다. 소량의 눈이 휘둥그레 커졌다.

"놓아라!"

소량이 발로 바닥을 가볍게 쓸자, 돌멩이 몇 개가 허공으로 튕겨 올랐다. 그중 하나를 쥐어든 소량이 몸을 빙글, 회전하더니 곧바로 그것을 쏘아 보냈다.

"헉!"

태행마도가 깜짝 놀라 중년 무인의 머리를 놓아주었다.

계속해서 잡고 있다가는 곡지혈(曲池穴)에 구멍이 뚫리게 생긴 것이다.

"물러나십시오!"

소량은 손으로 가볍게 중년 무인의 가슴을 밀어버렸다.

중년 무인이 놀란 얼굴로 뒷걸음질 쳤지만, 그는 도주하거나 하지는 않았다. 다시 태행마도를 노리려는 것이다.

"물러나라 하지 않았습니까!"

소량이 그렇게 외칠 즈음, 태행마도는 어느새 장내에 당도한 다른 무인을 공격하고 있었다. 태행마도로서는 합공만은 피하고 싶을 테니 이해 못할 일은 아니었다.

소량은 중년 무인을 내버려 둔 채 태행마도를 공격했다.

소량의 감각이 점점 예민해졌다. 몸의 털끝이 몽땅 다 일어나 있는 것 같았다. 소량은 바람이 스쳐 지나가는 미세한 감각을 하나하나 느낄 수 있었다.

예민해진 감각이 보름 전, 곽서문과 벌였던 격전을 떠올리게 해주었다.

'천지간의 소리를 좇아 호흡하며 동과 정, 강과 유의 조화를 이룬다. 아니, 어쩌면 조화가 아닐지도 몰라.'

소량의 경지는 아직 조화를 이룰 정도에 이르지 못했다.

다만, 어찌 변화하는지는 알 것도 같았다.

조화를 이루기 위해서는 먼저 서로 달라야 한다.

그대들이 강호인가? 111

음(陰)과 양(陽), 동과 정, 강과 유.

이른바 이기(二氣)다.

실제로 태허일기공의 첫 번째 구결은 바로 그것을 가르친다. 동과 정에는 변하지 않는 것이 있어[動靜有常] 강한 것과 부드러운 것이 비로소 '구별'된다고 하지 않던가[剛柔斷矣]!

이전에는 불현듯 얻었던 것을 이제는 제 것으로 만들어가는 소량이었다.

하지만 소량의 의념은 이내 흩어지고 말았다.

"놈!"

태행마도가 일도를 곧게 뻗어 아래로 내리그었다. 삼재도법(三才刀法)의 태산압정(泰山壓頂)의 초식과 같았으나, 그 안에는 수많은 변화가 숨어 있었다. 아마 소량의 검과 마주하는 즉시 도초가 바뀌어 흩어지리라.

하지만 아직 실전 경험이 많지 않은 소량은 그러한 사실을 몰랐다. 소량은 철검으로 그것을 부드럽게 받아내려 들었다.

"크하하!"

아니나 다를까, 도초가 바뀌었다.

태행마도의 웃음소리와 함께 소량의 눈이 휘둥그레 커졌다. 태행마도는 소량의 검과 마주한 반탄력을 이용하여 오히려 옆자리의 무인을 베어나갔던 것이다.

검으로는 죽었다 깨어나도 그를 막을 수가 없었다.

소량이 신음을 토해내며 주먹을 뻗었다.

텅—!

조기조락, 후발선지!

소량의 육합권과 태행마도의 도가 마주치자 가죽 북이 터지는 소리가 났다. 태행마도가 칫 소리를 내며 두어 걸음 뒤로 물러났다.

소량이 다급히 외쳤다.

"피하십시오, 감당하기 어려운 상대가 아닙니까!"

"거, 거짓말하지 마!"

소량 또래의, 청년이라기보다는 소년에 더 가까운 무사가 버럭 고함을 질렀다. 겁에 질려 몸을 바들바들 떨면서도 그는 소량을 노려보고 있었다.

소량이 당혹스러운 목소리로 중얼거렸다.

"거짓말?"

"나를 구해주는 척, 도천존의 비급을 혼자 차지하려는 속셈이 아니냐!"

일순간 소량의 눈빛이 멍해져 갔다.

욕망이라, 욕망이라!

자신 또래의 청년의 눈에 탐심이 가득 깃들어 있었다. 상황이 위급한 데에도 소량은 허탈하게 질문을 던지고 말았다.

"목숨보다… 무학이 더 소중하오?"

챙강!

검과 도가 부딪치는 소리와 함께 중년 무인 하나가 신음을 내뱉었다. 태행마도는 소량을 내버려 두고 다른 무인을 공격했던 것이다. 태행마도의 주위로 서른 명이 넘는 무인들이 몰려들었다.

태행마도와 부딪친 중년 무인은 나름 무위가 높은 사람인지, 어찌어찌 태행마도의 도법을 견뎌내고 있었다.

소량은 텅 빈 시선으로 서른 명이 넘는 무인을 둘러보았다. 타인의 목숨을 제물로 삼아 기회를 노리려는 살기 어린 눈빛, 숨기려 애쓰지만 숨길 수 없는 두려움, 탐욕.

수많은 감정이 소용돌이 치고 있었다.

마치 아비지옥처럼 말이다.

개중에는 그래도 나은 사람이 있었다. 현문정종의 무학을 익혔는지 현현한 기색이 흐르는 늙은 도사였는데, 그는 소량처럼 다른 이들을 구하려 애를 쓰고 있었다.

그러나 안타깝게도 무학에는 능하지 못한 모양이었.

양손을 어지러이 흔들며 무슨 권법을 펼쳐 내던 늙은 도사가 정신없이 뒤로 물러났다.

소량은 서둘러 앞으로 나섰다.

화검세(火劍勢)!

오행검의 초식 중 하나로, 노도처럼 뻗어나가는 기세가 불과 닮았다 하여 이름 붙여진 검세였다.

태행마도의 도초를 막아낸 소량이 이를 뿌드득 갈았다.

"크흐흐."

태행마도는 흔들리는 소량의 시선을 보고는 헛웃음을 머금었다. 이제야 비로소 강호의 고(苦)를 아는 눈빛인 것이다.

"세상이 보이느냐?"

"……"

공교롭게도 언젠가 할머니가 질문했던 것과 똑같은 말이었다. 소량이 일순간 경계하지 못한 틈을 타, 태행마도의 도법이 소량의 허리를 스쳐 지나갔다.

"크윽!"

소량이 허리춤을 어루만지며 뒤로 물러났다. 태행마도의 도에 당한 상처는 물론이거니와 보름간 정양을 했는데도 낫지 않은 상처늘까지 벌어져 피를 흘려내었다.

"죽어라, 태행마도!"

소량을 뒤따라온 젊은 무인이 검을 휘둘렀다.

"이 빌어먹을 놈들!"

더 이상은 건디지 못하겠는지, 태행마도가 가진바 내공을 전부 끌어올렸다. 운향산을 빠져나갈 것을 대비해 내공의 삼 푼을 숨겨두고 있었으나, 포위된 지금이니 어쩔 수가 없다.

삼 푼이고 자시고 숨길 도리가 없는 것이다.

우우웅—

태행마도의 도가 부르르 떨리는가 싶더니, 반투명한 기세가 슬며시 일어났다.

좌중에 있던 무인들이 크게 놀라 숨을 들이켰다.

"허, 헉! 도기!"

"차라리 이렇게 된 바, 모두 죽이리라! 여기 있는 모두를 죽이고 내 발로 걸어가리라! 어디 한번 두고 보자꾸나!"

태행마도가 노호성을 터뜨리며 도기가 넘실거리는 도를 휘둘렀다. 조금 전에 소량에게 거짓말하지 말라고 외쳤던 젊은 무인은 자신의 목을 자르려고 덤벼드는 도를 보고 눈을 질끈 감았다.

하지만 아무리 기다려도 통증이 느껴지지 않는다.

젊은 무인이 천천히 눈을 떴다.

그의 앞에 또다시 소량이 서 있었다. 손바닥을 곧게 펼쳐 태행마도의 도를 막아낸 채로 말이다.

기운을 북돋아 손을 보호한 모양이지만, 도기를 이겨낼 수는 없었는지 소량의 손은 너덜너덜 찢어져 있었다.

"도, 도기를 어찌……!"

젊은 청년이 무어라 말할 때였다.

소량이 차가운 눈으로 그를 노려보았다.

"피해."

젊은 청년이 멍하니 소량을 바라보았다. 분명히 화가 난 얼굴인데도, 소량의 표정은 왠지 서글프게 느껴졌다.

"피하지 않겠다면 힘으로 피하게 하겠다! 제발… 물러나."

사위가 갑자기 고요해졌다.

자신의 도기가 고작 피륙으로 된 손바닥에 막혔다는 사실을 인정하지 못하고 어떻게든 베어내려던 태행마도도, 장내에 가득 찬 다른 무인들도 입을 열지 못하였다.

정말로 도천존의 비급에 관심이 없는가?

장내의 무인들은 그럴 리가 없다고 생각했다.

하지만 소량의 얼굴을 본 무인들은 아무런 말도 할 수가 없었다. 아무리 의심 많은 자라도 그것이 진실이라는 것을 믿지 않을 수가 없었던 것이다.

소량은 천천히 고개를 들었다. 분노도 퇴색되어 버리고 그 자리에 서글픔만이 남았다.

소량의 눈과 마주친 태행마도가 눈을 부릅떴다.

"이럴 리가 없다, 이럴 리가 없어! 도기를 어찌 손으로 막아 낸단 말이냐!"

소량이 태허일기공의 구결을 읊조렸다.

"강한 것과 부드러운 것이 서로를 밀어내니[剛柔相推]… 비로소 변화가 생기느니라[變在其中矣]."

소량의 경지로 조화를 이룰 수는 없었다. 곽서문과 싸울 때 일으켰던 검기도 알고 보면 변화에 불과했다. 강유는 서로 노닐며 변화한 끝에야 비로소 조화를 이루게 되는 것이다.

소량은 이제 검기를 마음대로 일으킬 수 있을 것 같다고 생각했다. 검과 자신이 변화해 가며 서로 교유하면 된다.

우우웅!

소량의 검에서도 빛살이 떠올랐다.

태행마도가 경악하여 뒤로 물러났다.

"어찌… 어찌! 어찌 검기를!"

소량의 검로가 부드럽게 태행마도의 목으로 향했다. 태행마도가 발악하듯 도를 들어 올렸지만, 소량의 검은 그의 도를 타고 부드럽게 위로 솟구치고 있었다.

"놈! 이 빌어먹을 놈!"

태행마도가 머리를 숙여 소량의 검로를 피해내고는 버럭 고함을 질렀다. 그는 빠르게 몸을 회전하며 마령도법의 초식을 펼쳐 나갔다.

쐐애액—!

하지만 보이는 것은 소량의 눈뿐이었다.

태행마도는 정신없이 뒤로 물러났다.

무학을 배운 지 반년도 되지 않았을 때, 소량은 이십 년 동안이나 강호를 굴렀던 살호장군 마유필의 초식을 제압한 적이 있다. 비록 내공에서 밀려 그를 놓아줄 수밖에 없었지만 말이다. 그때처럼 소량은 태행마도가 펼친 초식의 빈틈을 읽어내었다.

"이럴 리가 없어!"

태행마도가 마지막으로 비명을 질렀다.

사실 여태까지 빈틈을 보이지 않았던 그가 실수를 한 데에는 당황과 두려움 탓이 컸다. 도기가 손바닥에 막혔다는 어처구니없는 사실에 경악했고, 소량도 검기를 일으키자 두려움에 질리고 만 것이다.

하지만 무인에게 있어 평정을 잃는다는 것은······.

"커헉!"

곧 죽음을 의미한다.

태행마도가 목을 움켜쥔 채 바닥에 무릎을 꿇었다. 검이 닿지도 않았는데 검기가 그의 목을 반이나 베어내고 만 것이다.

서둘러 손으로 흐르는 피를 막아보려 했지만, 이미 늦었다.

잠시 뒤 태행마도가 털썩 바닥에 쓰러졌다.

한때 섬서아 하남 일대를 주름잡았던 태행마도 곽주는 이렇게 허망하게 목숨을 잃게 된 것이다.

소량은 그를 물끄러미 내려다보다가 다른 무인들에게로 시선을 돌렸다.

"……."

소량이 아무 말이 없었음에도, 무인들은 감히 시선을 마주하지 못하였다. 그를 믿지 않고 끝없이 방해했음에도 소량은 자신들을 구하려 애썼다.

몸이 만신창이가 되어가면서도 말이다.

이제 그의 진심을 알게 되었으니, 어떻게 감히 시선을 마주할 수 있겠는가!

그러나 욕심이란, 탐심이란 끝이 없는 법이다.

"허흠, 험. 태, 태행마도를 꺾다니 대협의 무위가 하늘에 닿았소. 구명지은에 감사하외다."

소량은 아무런 말도 없이 중년 무인을 돌아보았다. 목소리가 귀에 익었다. 운향산에 들어와서 청력을 돋우었을 때 들었던 목소리였던 것 같다.

"소인은 석수(石首) 정검문의 문주, 능광호(陵光皓)라고 하외다. 대협의 존성대명은 어찌 되시오? 선사의 고명은 어찌 되시고?"

소량은 이번에도 대답하지 않았다. 정검문의 문주라고 소개한 자를 보며 또다시 실망하고 있을 뿐이었다.

"허흠. 험. 많이 지치신 모양이로구려. 대답을 하지 않으셔도 좋소. 하지만 귀만은 열어주시기 바라오."

무안했는지 정검문의 문주가 험험, 헛기침을 내뱉었다.

"본 정검문은 석수를 지켜오며 백성들을 돌본 공명정대한 문파로, 그 이름이 호광 전체에 알려져 있다오. 저 흉악한 태행마도가 나타났다는 소식을 들었거니와 도천존의 비급이 탈취당했다는 참담한 소식을 듣고 그 길로 강호에 나선 참이지요. 도천존의 비급을 우리에게 주시면 공명정대하게 처리……."

"거짓말하지 마시오! 대협, 대협께서는 속으셔서는 아니 됩니다. 저자는 본래 탐심이 하늘에 이른 자외다. 우리 호선궁(狐仙宮)이야말로 소임을 맡기에 적격인 문파요!"

"흥! 호선궁이라면 정사지간의 문파가 아닌가? 어디 수치도 모르고 끼어든단 말인가!"

"누가 감히 호선궁을 정사지간의 문파라고 한단 말이냐!"

서른 명이 넘는 무인들이 마음대로 떠들어대기 시작했다.

자신이야말로 도천존의 비급을 가질 만한 자격이 있다는 소리들이었다.

조용히 듣고만 있던 소량이 눈을 질끈 감았다.

"제게 무학을 가르쳐 주신 분께서는……."

좌중의 소란이 단박에 가라앉았다. 태행마도를 쓰러뜨린

협객이 비로소 입을 연 것이다.

"땅을 딛고 있으니 땅에 대해 감사하라 말씀하셨습니다. 하늘이 보듬어주니 하늘에 대해 감사하라 하셨습니다. 모든 태어난 것에는 가치가 있으니 다만 사랑하라 하셨습니다."

휘이잉—

어디선가 바람이 불어왔다.

장내에 가득한 무인들은 도대체 그게 무슨 헛소리냐는 듯한 표정을 지었다. 소량은 마음속에서 무언가가 불길처럼 일어나는 것을 느낄 수 있었다.

"하지만 당신들은!"

소량이 천천히 고개를 들었다. 태행마도를 벨 때보다 더 분노한 듯, 소량의 눈빛은 활활 타오르고 있었다.

"욕심이 눈을 가리고 있으니, 땅을 딛고 있음에도 감사할 줄 모른다! 하늘이 내려다보고 있음에도 올려다볼 생각을 하지 않는다! 태어난 것을 사랑하기는커녕, 스스로의 목숨조차도 하찮게 보는구나! 당신들이… 당신들이 무인인가? 당신들이 강호인가!"

장내의 무인들의 얼굴이 흑색이 되었다. 차라리 명분 따위를 논했다면 논리로서 겁박하려 들었을 것이다. 힘으로 과시했더라면 다수를 이용해 공격이라도 해보았을 것이다.

하지만 이것은 양심의 문제가 아닌가!

장내에 무거운 침묵이 감돌았다.

소량은 대꾸하지 않는 자들을 노려보다가 눈을 질끈 감아버렸다. 더 그들과 마주해 봐야 마음만 괴로워질 것 같았다.

침묵을 뚫고 늙은 도사 한 명이 나섰다. 소량처럼 다른 사람들을 구하기 위해 애쓰던 도사였다.

"귀하의 말이 옳소."

"청진(淸眞) 도장!"

무인들 몇이 웅성댔지만 청진 도장이라 불린 노도사는 꼼짝도 하지 않았다. 자신의 나이가 수배는 많음에도 불구하고, 그는 양손을 모아 길게 읍했다.

"무당파의 청진이 큰 가르침을 받았소. 그래, 인명보다 소중한 것은 없지요. 태행마도를 쓰러뜨린 자가 귀하이니, 강호의 논리로 보아도 비급은 그대의 것이오. 귀하의 언사를 보건대, 비급을 함부로 소용하지 않을 듯하니 마음이 편하구려."

청진 도장은 본래 무당파의 도사였으나, 그 무학이 뛰어나지도 않았고 문내의 발언권도 크지 않았다. 그저 탁발하기를 좋아하여 세상을 떠돌았는데, 무당파는 물론 강호에서도 그를 존경하지 않는 자가 없었다.

지금도 청진 도장은 정말로 안심이라는 듯 환하게 웃고 있을 따름이었다.

그대들이 강호인가? 123

"다만 귀하의 대명과 선사의 고명만은 나 역시 궁금하구려. 현현한 언사도 그렇거니와 검기라니. 무당의 일대제자 중에서도 검기를 일으키는 자가 열을 넘지 않거늘."

무당의 일대제자라면 강호에서도 보기 드문 고수들이다.

청진 도장이 말한 열 명의 도사들은 더더욱 그렇다. 바로 그들 사이에서 무당칠자(武當七子)가 나오고 무당제일검(武當第一劍)이 탄생하는 것이다.

그런데 이제 갓 약관을 넘은 듯한 청년이 이미 그만한 경지에 달했다니!

장내의 무인들이 경악한 듯 침을 삼켰다.

"정녕 알려주지 않으시려는가? 빈도는……."

청진 도장의 말을 끊고 소량이 입을 열었다.

"비급은 도장께 맡기겠습니다."

"으응?"

예상치 못한 소리를 들은 청진 도장이 눈썹을 추켜올렸다. 소량은 그 표정을 보고는 천천히 고개를 끄덕였다. 괴로운 마음이 조금이나마 가시는 느낌이었다.

"부디 잘 처리해 주십시오."

소량이 길게 장읍하더니, 이내 몸을 돌려 비틀비틀 걸음을 옮겼다. 장내의 무인들이 당혹한 표정을 지었다.

"대협! 갑자기 그게 무슨! 아니, 잠깐만!"

모두가 소량을 말리려 들었지만, 그를 쫓는 사람은 하나도 없었다. 태행마도의 시신과 도천존의 비급이 이곳에 있으니 떠날 수가 없는 것이다.

소량이 뒤를 흘끔 돌아볼 때였다. 태행마도의 시신 앞에 서 있던 청진 도장이 씁쓸하게 미소를 지었다.

"자네의 뜻을 알겠네. 가시게."

존대가 아닌 평대였지만 오히려 그것이 소량의 마음을 편하게 했다. 양손으로 모아 다시 한 번 장읍하는 소량의 얼굴에도 은은한 미소가 떠올라 있었다.

2

운향산을 내려가는 소량의 귓가에 청진 도장의 고함이 들려왔다. 소량이 떠나자마자 한바탕 소란이 일어났던 것이다.

"어찌 이리들 무지하난 말이오! 정녕 도천존의 삼규(三規)를 모르시오?"

"알고 있소! 그러니 이처럼 말하는 것 아니오! 비급은 우리가 잘 챙겼다가 도천존께서 찾아오시면 건네 드리리다!"

정검문의 문주리는 자가 크게 외쳤다. 호선궁의 궁주도, 다른 무인들도 각자 제가 하고 싶은 소리를 떠들어댔다.

그대들이 강호인가? 125

청진 도장이 한탄을 크게 내뱉었다.

"하! 천하의 도천존께서 가만히 있겠소이까? 삼규 중 첫 번째가 바로 자신의 비급을 본 자, 목숨을 잃으리라는 것이오!"

"흥! 말은 그렇게 해놓고 무당파가 차지하려는 게지!"

"닥쳐라! 감히 도문의 이름을 삿되게 하느냐!"

청진 도장이 노기를 터뜨리자 반박하던 자들이 입을 다물었다. 청진 도장은 주위를 둘러보며 몸을 부르르 떨었다.

"정녕 그대들이 나를, 우리 무당 도문을 믿지 못하겠다면 좋소이다! 내 여기서 한 걸음도 움직이지 않겠소! 태행마도에게는 불행한 일이나, 시신이 썩어가더라도 어쩔 수 없지! 내 비급을 가져가는지 아닌지, 어디 감시해 보시오! 도천존께서 오실 때까지 감시하란 말이오!"

무당파의 제자가 한두 명만 더 있었더라도 이처럼 고성이 터지지는 않았을 터였다. 하지만 청진 도장은 사람들이 헛되이 목숨을 잃을까 저어되어 홀몸으로 운향산을 오르고 말았다.

운향산에 오르기 직전, 속가에 알려 본산제자를 청하였으니 잘하면 오늘, 늦어도 내일에는 무당 제자들이 올 터였다. 그때까지 성난 군웅들을 다스리는 것은 청진 도장의 몫이었다.

소량이 반이나 하산했을 때에도 고성은 여전히 들려왔다.

소량은 걸어 내려가다 말고 물끄러미 뒤를 돌아보았다. 욕심이 옳지 않다는 것을 알면서도 그것을 온전히 부정할 수는 없었다. 더 가지고자 하는 것은 인간의 욕구 중 하나이니까.

그저 서글프고 안타까울 뿐이었다.

"후우—"

소량은 상념을 떨쳐 내기 위해 고개를 연신 저었다. 주위를 흘끔거리던 소량은 사람이 없다는 것을 확인하고는 안도한 듯 자리에 앉아 옷자락을 부욱 찢어 상처를 동여맸다.

'새로 금창약을 구해야겠구나.'

곽서문과의 일전에서 얻은 상처 때문에 한구로 오는 길에 금창약을 좀 사두었었다. 하지만 안타깝게도 솜씨 좋은 의원이 만든 것은 아니었는지 금창약은 잘 듣지 않았다.

예전에 있던 상처가 다시 터진 바람에 소량은 한참 동안이나 상처를 수습해야 했다. 붕대 대신 옷으로 싸맨 까닭에 소매는 이미 어깨까지 짧아져 있었다.

그때, 어딘가에서 나무 꺾이는 소리가 들려왔다. 지나가던 무언가가 나뭇가지라도 밟은 모양이었다.

"흡!"

제가 낸 소리에 제가 놀랐는지, 소량의 좌측 수풀 너머에서 신음소리가 들려왔다. 손으로 입을 틀어막았는지 곧 호흡이 고요해졌다.

"누구십니까?"

소량의 표정이 굳어갔다. 세상에 나온 이십여 일 동안 벌써 생사를 건 싸움을 두 번이나 펼친 소량이었다. 낯선 인기척만 느껴져도 경계심이 저절로 일어났다.

"대답하십시오. 숨어 계신 분은 누구십니까?"

소량의 기세에 겁을 먹은 것일까.

수풀 너머에서 어린 사내아이 하나가 우물쭈물 걸어왔다. 다리를 절뚝거리는 것이 크게 다친 모양이었다.

소량은 사내아이의 정체를 알 수 있었다.

"태행마도에게 잡혀 있던 아이였구나! 다친 데는 괜찮으냐?"

사내아이는 경계심 가득한 시선으로 소량을 바라볼 뿐, 대답하지 않았다. 한참 동안이나 도망을 할까 말까 망설이던 아이가 천천히 고개를 끄덕였다.

"그래, 다행이로구나."

소량이 어설프게 웃음을 지어 보였다.

사내아이는 이제 가도 괜찮냐는 듯 소량과 뒤편을 번갈아 바라보았다. 소량은 아이의 눈을 물끄러미 주시했다.

익숙한 눈동자였다.

어디서 본 것처럼 기시감이 일었다.

'승조… 아니, 태승과 닮았구나.'

처음 만났을 때의 승조는 독기에 치밀어 있었다. 영화, 유선과 함께 먹을 것을 나누어 먹고 있을 때 만났는데, 승조는 다짜고짜 대들어 그것을 빼앗으려 들었다.

반면 태승은 달랐다. 처음 만났을 때의 태승은 겁먹은 듯 눈치만 슬슬 살피고 있었다. 경계심과 부러움이 가득한 눈으로 먹을거리를 바라보던 어린 태승.

눈앞의 아이는 태승을 닮았다.

"후우—"

저처럼 작은 아이가 홀로 야산을 내려가야 한다고 생각하니 마음이 무거웠다. 소량이 천천히 자리에서 일어났다.

"산을 혼자 내려가는 것은 어려울 거야. 내 도와줄 테니 함께 내려가자꾸나."

소량이 한 걸음 아이에게로 다가가자, 아이가 한 걸음 뒤로 물러났다.

"밤의 산은 무섭다. 혼자서는 하산하기 어려울 거야."

실제로 낮의 산보다 밤의 산이 무섭다. 나무는 방향감각을 어지럽히고, 그렇게 걷다 보면 낭떠러지가 나타나기 일쑤다. 소량은 몰라도 아이에게는 버거운 길이 될 것이 분명했다.

하지만 아이는 여전히 뒷걸음질치고 있었다.

"…없어요."

"응?"

사내아이의 입에서 쥐 죽어가는 듯한 소리가 들려왔다. 소량의 청력으로도 알아듣지 못할 만큼 작은 웅얼거림이었다.

사내아이는 겁을 먹은 듯 소량의 눈치를 살피다가 다시금 같은 말을 되뇌었다.

"세상에 남을 돕는 사람은 아무도 없어요."

"……."

소량은 아이에게로 다가가지 못하였다. 말의 의미도 의미지만, 그 목소리에 깃든 절망을 알 수 있었기 때문이었다.

소량은 멍하니 아이를 바라보았다.

"무슨 뜻으로 그리 말하는지 모르겠구나."

사내아이가 고개를 꾸벅 숙여 보였다. 태행마도의 손에 구해준 것에 대한 감사인사일 터였다.

그리고 곧장 몸을 돌려 달음박질 쳤다.

"위험하다!"

소량이 신법을 발휘해 아이를 낚아챘다. 아이의 바로 앞에 성인 남성의 키만 한 낭떠러지가 있었던 것이다.

사내아이는 자신이 위험하다는 것도 모르는지 소량의 손에서 벗어나기 위해 바동거렸다.

"놔줘! 놔달란 말이야!"

"그러다 떨어진다, 떨어져. 조심해야 해."

소량은 아이를 안고 몇 걸음 떨어진 곳까지 간 다음, 아이를 내려놓았다. 사내아이가 가쁘게 숨을 내쉬며 도망치려 하자, 소량은 얼른 아이의 손을 잡았다.

"잠깐!"

사내아이가 손을 빼내려 애를 쓰자 소량은 천천히 무릎을 꿇고 앉아 아이와 눈을 마주쳤다.

눈은 마음의 거울이며, 아이는 진심을 볼 줄 안다. 아이를 설득하려면 시선을 마주치는 편이 제일 나았다.

"나는 무창 사람이란다. 이름은 소량이라 하고, 성은 진가지. 네 이름은 무엇이냐?"

사내아이는 한참 동안이나 대답없이 소량의 눈을 바라보았다. 잠시 뒤, 아이의 입에서 조그마한 목소리가 새어 나왔다.

"연호진(淵縞珍)."

"그래, 약속하마. 무사히 산을 내려가도록 도와주고, 그 뒤엔 아무 일도 하지 않으마. 집이 한구에 있느냐?"

연호진이 고개를 도리도리 저었다.

"그럼 어디?"

"집 없어요. 고아예요."

소량의 손에 힘이 들어갔다. 아이에게서 느껴지던 기시감의 정체를 이제야 알 수 있었다. 세상에 남을 돕는 사람은 아무도 없다는 말의 의미 역시 알 수 있었다.

저도 모르게 눈을 꾹 감았던 소량이 천천히 눈을 떴다. 입가에는 억지로라도 미소를 지었다.

아이가 불안해할까 염려가 된 까닭이었다.

"그래, 일단 산을 내려가자."

소량이 천천히 몸을 일으켰다. 연호진은 더 이상 손을 빼려고 들지 않았다.

소량은 단풍잎처럼 작은 연호진의 손을 어루만지며 천천히 산길을 찾아 내려갔다.

반 시진 가까이 하산할 때까지, 연호진은 아무런 말도 하지 않았다. 소량은 은근슬쩍 연호진의 눈치를 살피다가 걱정스러운 얼굴로 질문했다.

"다리를 저는구나. 정말 다치지 않은 게냐?"

괴로워하면서도 연호진은 괜찮다는 듯 고개를 끄덕였다.

"말수가 적은 편이로구나. 음, 태행마도에게는 어쩌다가 잡혀간 것이더냐?"

"숙부라고 했어요. 큰 집에 살고 있으니 함께 가자고……."

소량의 미간이 찌푸려졌다. 고아들의 경우, 피붙이에 대한 집착이 남들보다 크다. 특이 어린아이일수록 그러했다.

"그래, 그래서 세상에 남을 돕는 사람은 아무도 없다고 말한 것이로구나."

연호진은 부정도 긍정도 하지 않았다. 태행마도에게 속은 것 때문만은 아닌 듯, 연호진은 침울하게 고개를 숙였다.

"하지만 남을 돕는 사람은 분명히 있단다."

할머니.

버려진 고아였던 그를 찾아와 따듯하게 안아주고 얼러주었던 그분처럼, 대가없이도 타인을 돕는 사람은 분명히 있었다. 소량은 연호진을 물끄러미 내려다보았다.

"원한다면 내가 도우마."

연호진은 필요없다는 듯 고개를 절레절레 저었다.

"아느냐? 나도 너처럼 고아였단다."

소량은 길게 한숨을 토해냈다.

"어찌면 나도 너처럼, 세상에 남을 돕는 사람은 아무도 없다고 생각했을지도 모르지. 하지만 내게는 할머니 한 분이 계셨단다. 갑자기 찾아와서 내가 너희 할미라고 한 할머니인데 밥도 주시고, 옷도 마련해 주시고, 집안도 청소해 주셨단다."

연호진은 소량의 말을 무시하려 애를 썼다.

소량은 흘끔 연호진을 보고는 부드럽게 미소를 지었다.

"왜, 거짓말 같으냐? 하지만 진짜란다. 그분께서는 아무 대가도 받지 않으시고 다만 사랑해 주셨지. 지금은 떠나 버리셨지만 말이다. 나는 그분을 찾고 있단다."

연호진의 눈빛에 이채가 떠올랐다.

내심 이야기를 더 듣고 싶어하는 눈치인지라, 소량은 산을 내려가며 몇 가지 이야기를 더 해주었다.

할머니에게 꾸중을 받은 이야기도 있었고, 할머니와 함께 저잣거리를 구경했던 이야기도 있었다.

이야기에 관심없다는 듯한 표정을 짓고 있었지만, 연호진의 귓가는 연신 쫑긋거리고 있었다.

소량의 머리에 씁쓸한 상념이 떠올랐다.

'하지만 나는 어떻게 해야 할머니를 찾을 수 있는지 알지 못한단. 태행마도를 찾았지만 할머니의 행방은 여전히 알 수 없으니… 처음부터 억측이었던 게지. 애초에 어떤 끈도 없었던 것이었어.'

소량의 마음이 납덩이를 매단 것처럼 무거워졌다.

연호진은 그런 소량을 보고는 겁을 집어먹었다. 연호진이 다시 손을 빼려 하자 소량이 정신이 든 듯 고개를 들었다.

"아차, 내가 말을 하다 말았구나. 그래, 할머니는… 음, 눈이 이렇게 고우신 분인데, 입 매무새에 이런 주름이 있단다.

코는 나이가 드셨는데도 오뚝하신데, 젊었을 적에는 제법 미인이셨을 거야."

소량이 할머니의 외관을 설명해 나갔다. 연호진이 지칠 쯤 되자, 소량은 아예 걸음을 멈추고는 바닥에 그림을 그렸다. 화공(畵工)에 비할 바는 아니겠지만 그래도 알아볼 수는 있었다.

처음엔 아이를 쉬게 해줄 요량이었는데, 연호진은 예상 밖으로 할머니의 그림에 호기심을 보였다.

소량은 연호진이 왜 그러나 몰라 고개를 갸웃했다.

"원래는 항상 노리개를 하고 다니셨지. 내가 처음으로 번 돈으로 사온 노리개였는데, 봉황이 그려져 있었단다. 동생이 동시를 보러 갔다가 사온 당혜를 신고 계셨고……."

"저기, 대협."

연호진이 '대협' 하고 부르자, 소량의 얼굴에 난색이 떠올랐다. 그런 거창한 호칭은 낯부끄럽기 짝이 없는 것이다.

"대협이라니, 당치도 않다. 그냥 형이라고 불러라."

형이라 부르는 것이 싫은지, 연호진은 고개를 도리도리 저었다. 그리고는 조심스럽게 입을 열었다.

"대협, 저 이 할머니를 본 적이 있어요."

"뭐?"

소량의 심장이 철렁 내려앉았다.

"딱 이런 얼굴의 할머니셨어요. 빼앗기긴 했지만, 구리돈도 주셨고요, 만두를 주셨어요. 노리개랑 당혜도 가지고 있었어요. 찢어진 당혜랑 부서진 노리개였지만……."

정말 할머니인가?

소량은 아무런 말도 못한 채 아이의 얼굴을 멍하니 바라보았다. 눈가에 뿌연 습막이 차올랐다. 소량은 잔뜩 젖어버린 목소리로 더듬더듬 입을 열었다.

"말투가… 광동 사투리였니?"

"말투는 정음이었어요. 하지만 목소리가 카랑카랑했어요."

소량은 눈을 질끈 감았다. 광동 사투리를 쓰지 않는다면 할머니가 아닐 가능성이 높았다.

하지만 어설픈 그림을 보고 알아볼 정도면 생김새가 비슷할 터였다. 가지고 계신 물품마저 비슷하다. 모산에는 틀림없이 당혜 조각과 노리개 파편이 남아 있었다.

'맞아. 할머니께서는 종종 정음을 사용하실 때가 있었어.'

인연(因緣)이라 했던가?

이처럼 기이하게 끊어졌던 끈을 다시 잇게 될 줄은 몰랐다.

소량은 다시 한 번 질문을 던졌다.

"정말… 정말 이 그림과 닮았니?"

연호진이 고개를 끄덕였다.

"정말 부서진 노리개와 찢겨진 당혜를 들고 계셨니?"

또다시 고개를 끄덕이는 연호진이었다.

"혹시 어디로 가신다고 하셨는지 아니?"

"합비(合肥)."

대답하는 연호진이 눈에 별빛이 스쳐 지나갔다.

第五章
모녀(母女)

1

그로부터 석 달의 시간이 흘렀다.

남직예(南直隸:훗날의 안휘성), 합비.

합비의 중통은 번잡스럽기 짝이 없었다. 중통에는 무한삼진과 비교해도 결코 부족하지 않은 저잣거리가 자리해 있었는데, 오가는 사람들의 얼굴은 하나같이 밝았다.

아마 어느 뿌리 깊은 거목이 굽어보기 때문일 터였다.

남궁세가!

금의위의 교누만 열넷을 배출했거니와 초대 무림맹주를 배출한 명가 중의 명가이다. 황상께서 직접 현판을 내려준 이후로는 지부대인(知府大人)조차도 함부로 대하지 못했다.

할머니, 아니, 진무신모 유월향은 희미한 미소를 머금은 채 주위를 둘러보았다.

"거, 참! 닭을 팔려면 저 뒷길로 가던가! 왜 여기서 닭을 풀고 난리요!"

"사가는 길에 도망친 것이라니까 그러네. 아이쿠, 저리로 간다! 잡아요, 좀! 저거 씨암탉인데!"

닭을 옮기다가 사단이 났는지, 저잣거리는 소란스럽기 짝이 없었다. 그 모습이 푸근해 보여 유월향의 입가가 흡족해졌다.

'여서(女壻:사위)가 제법 잘하고 있는 모양이로구나.'

바삐 움직이는 백성들의 얼굴에는 웃음꽃이 피어 있었다. 오는 동안 수도 없이 보았던 거지나 고아도 보이지 않았다.

물끄러미 주위를 둘러보던 유월향이 천천히 걸음을 옮겼다.

말을 구할 돈이 없어 마차를 얻어 탈 때를 제외하고는 내내 걷기만 했는데도, 유월향의 얼굴에 지친 기색은 없었다.

생각해 보면 무한삼진에서 합비까지 천릿길이 넘는 거리를 석 달 만에 주파한 것도 이상한 일이다.

유월향의 경공은 그 무위만큼이나 드높았던 것이다.

"너 두고 봐! 우리 엄마한테 이를 테니까!"

"어디 잡을 수 있으면 잡아보라지!"

계집아이에게 공연히 심술을 부린 코흘리개 꼬마가 까르르 웃음을 터뜨리며 유월향을 스쳐 지나갔다. 계집아이가 분해서 죽을 것 같은 얼굴로 그 뒤를 쫓았다.

"홀홀홀."

유월향의 얼굴에 미소가 어렸다.

하지만 그 미소는 금세 사라지고 말았다. 합비까지 오는 동안 만났던 고아들의 얼굴이 하나하나 떠오른 것이다.

고아들을 만날 때마다 얼마나 가슴이 아팠는지 모른다.

가진 돈이 있거든 있는 대로 다 털어주었고, 먹을 것이 만두 하나라도 반드시 쪼개어 주었다.

그래도 마음에 충족감은 없었다. 무언가 커다란 것을 놓치고 있는 것 같았다. 오는 동안 이유도 없이 눈물을 흘린 적이 한두 번이 아니었다.

'세상에 나 같은 맹추도 없을 것이다. 무얼 그리워하는지도 모르고 그리워하는 바보가 어디에 있단 말인가?'

걸음을 멈추고 가만히 서 있다 보니 가슴이 아려오고 눈물이 나올 것 같았다. 그녀는 다시금 아이들에게로 시선을 돌렸다.

하지만 해사하게 웃으며 장난질을 치는 아이들을 보아도 마음은 더더욱 무거워질 뿐이었다.

유월향은 눈을 질끈 감고 마음을 다스리려 애썼다.

'막내딸을 만나러 가는 길인데, 울상을 지을 수는 없지. 칠 년이 넘었다고 들었는데… 모두들 무탈하겠지?'

한구에 들러 사람들에게 물어보니, 새로이 황위에 오르신 황상께서 연호를 정하신 지 십일 년이 지났다고 했다.

그녀가 마지막으로 기억하던 때가 영락(榮樂) 4년이었으니, 무려 칠 년의 기억을 잃어버린 셈이었다.

그동안 막내딸은 잘 지냈을까? 혹시 병에 걸렸거나, 강호의 일에 휘말려 어디를 다친 건 아닐까.

'어서, 어서 가보자.'

유월향의 걸음이 한층 더 빨라졌다.

한참을 걸어 상통(上通)에 이른 유월향이 작게 탄성을 내뱉었다. 상통의 끝자락에 거대한 전각이 다섯 개나 자리한 장원이 보였던 것이다.

바로 그곳이 신검지가, 남궁세가였다.

주변의 대가(大家)들도 적지 않은 크기였지만, 남궁세가의 크기를 따라갈 수는 없었다. 대로변의 좌우로 늘어선 대가를 다 합쳐도 남궁세가만 못하리라.

담벼락을 따라 정문으로 가는 데만도 한참이 걸릴 정도였으니 말 다한 셈이었다.

"홀홀홀."

마침내 정문에 당도한 유월향이 미소를 머금었다.

황상께서 하사했다는 현판 아래로 문을 지키는 두 명의 무인이 보였다. 척 보기에도 조금의 흐트러짐도 없는 것이, 남궁세가의 기틀이 엄정함을 알 수 있었다.

"어험, 험. 멈추시오."

수문장 역할을 하던 무인 하나가 헛기침을 내뱉었다.

"허엄, 어쩐 일로 신검지가를 찾으셨소?"

무인은 유월향의 몰골을 위아래로 훑어보았다. 별로 대수로울 것도 없는 늙은 노파였다. 주름이 자글자글 끓는데도 허리는 휘지 않았다는 것이 특이할 뿐이었다.

옷차림 역시 마찬가지였다.

찢어진 곳 하나 없는 깨끗한 차림이었으나, 기껏해야 면포 배자일 뿐이니 가난한 노파가 분명했다. 아무리 봐도 남궁세가와는 어울리지 않는 차림새인 것이다.

유월향이 희미하게 웃으며 말했다.

"나는 딸아이를 찾아왔다오."

"흐음, 따님이 이곳에서 일하시는 모양이오?"

주름살 가득한 노파의 얼굴에 푸근한 미소가 걸리자 무인들의 표정도 편해졌다. 마치 친할머니를 만난 기분이었다.

"질 년간이나 왕래가 없었으니 이런 질문을 하는 것을 용서해 줘요. 여기가 신검지가라면 틀림없이 진운혜(秦雲慧),

모녀(母女)

그 아이가 있겠지요?"

무인들의 표정이 급변했다. 진운혜라면 당금 남궁세가의 대부인(大夫人)인 것이다.

"어허! 그 성함은 함부로 읊어서는 아니 되는 것이오. 어찌하여 그분을 찾으시오?"

"실은 내가 그 아이 어미 된다오."

두 명의 무인은 서로를 바라보며 한숨을 길게 내쉬었다. 그중 키가 작은 무인은 아예 고개까지 절레절레 저었다.

"또 왔군, 또 왔어."

남궁세가의 대부인, 진운혜의 모친이 매병에 걸려 실종되었다는 것은 이제 비밀도 아니었다. 처음에는 나름대로 숨기려 했는데, 칠 년 전에 무림맹의 무영대가 와서 한바탕 조사를 하는 바람에 만천하에 알려지고 만 것이다.

기왕 알려지게 된 바, 진운혜는 그를 이용하기로 마음먹었다.

그로부터 며칠 뒤, 그녀는 누구든지 매병에 걸린 노파를 데려오면 소액이나마 보상을 하겠다고 공표했다. 심지어 데려온 노파가 자신의 어머니가 아니더라도 말이다.

그 후로 칠 년간 어중이떠중이가 수도 없이 찾아왔다. 개중엔 천하의 남궁세가를 속이려 드는 사람도 있었는데, 진운혜는 그들에게까지 자금을 아끼지 않았다.

"대부인께서는 마음이 너무 착하시다니까! 매병과는 거리가 멀어 보이는 멀쩡한 노파마저도 그렇게 잘 대우해 주셨으니… 에이, 이쪽으로 오시오!"

투덜거리던 무인이 문 너머로 유월향을 안내했다. 시비가 총총걸음으로 달려와 무인에게 머리를 숙여 보였다.

"객이 찾아오신 것인가요?"

"대부인의 모친임을 자처하는 분이시다. 너는 가서 네 일을 보아라. 금방 다시 나오게 될 테니 그냥 내가 안내하마."

이런 경우가 적지 않았는지, 시비는 대수롭지 않게 고개를 끄덕이고는 뒤로 물러났다. 노파만 데려오면 돈을 퍼주는 대부인 때문에 남궁세가 내에서도 한숨을 내쉬는 형편이었다.

무인은 유월향의 보폭에는 신경도 쓰지 않는지, 성큼성큼 걸음을 옮겼다. 기분이 나쁠 법한데도 유월향의 얼굴에는 미소만이 가득했다.

"남궁세가도 많이 바뀌었군요. 예전에는 저쪽에 연무장이 있었는데."

연무장을 스쳐 가던 유월향이 접객당을 가리키며 말했다.

무인이 고개를 갸웃하며 그런 유월향을 돌아보았다.

"외가의 가솔들이 늘어나는 바람에 그리된 것이라오. 처음에는 있던 연무장을 넓히려 했는데, 그냥 담장을 넓히고 새로이 연무장을 짓기로 했지요. 예전 연무장이 있던 곳에는 접객당을 새로이 지었는데… 남궁세가에 와본 적이 있기는 한 모양이오?"

"그럼요, 그럼."

유월향이 조그맣게 고개를 끄덕였다.

십삼 년 전쯤, 외손자를 보러 찾아온 적이 있었다.

깎아놓은 밤톨처럼 야무졌던 외손자는 제 할머니를 보고 좋아서는 배운 무공을 자랑하겠다며 연무장으로 이끌었다.

손발도 짧은 주제에 뒤뚱뒤뚱 보법이니 검법이니 펼치며 재롱을 부리던 손자를 떠올리니 절로 미소가 지어진다.

"옛날에 외손자를 보러 온 적이 있었어요. 갓난아기 시절부터 제 어미 속을 많이 썩인 아이였다오. 제 어미 손을 많이 타는 바람에 유모도 그 아이를 돌보지 못했지요."

그녀가 방문했을 당시, 딸아이는 둘째를 배고 있었다.

몸도 무겁거니와 입덧이 심해서 딸아이는 끼니도 챙기지 못했는데, 아들 녀석은 어미가 좋답시고 떠나려 들지 않았다.

유월향이 유모 대신 품에 안고 얼렀을 때에야 딸아이는 잠깐이나마 숨을 돌릴 수 있었다.

숙수까지 밀어내고 직접 먹을 것을 마련해 주었더니, 딸아이는 맛이 참 좋다며 허겁지겁 먹어댔었다.

딸아이를 힘들게 하는 외손자가 미워서 '이 불효막심한 녀석아, 네 덕택에 네 어미가 끼니도 제대로 못 챙겨먹지 않니'

하고 볼을 꼬집어 준 적도 있었는데, 외손자는 그저 자기를 챙겨주는 할머니가 좋아서 벙싯벙싯 웃기만 할 뿐이었다.

"무슨 생각을 그리하시오? 어서 이쪽으로 오시구려."

키가 작은 무인이 유월향을 재촉했다. 유월향은 이제야 정신을 차린 듯 서둘러 무인의 뒤를 쫓았다. 새로 지은 접객당으로 유월향을 안내한 무인이 자리를 권했다.

"앉으시오. 기별을 넣었으니 곧 대부인께서 나오실 거요."

"고맙구려."

유월향이 천천히 자리에 앉았다.

키가 작은 무인은 혹시 유월향이 무엇이라도 훔쳐 갈까 저어되었는지 그 옆에 서서 움직이지 않았다.

잠시 어색한 침묵이 흘렀다.

양손을 단아하게 모은 채 고개를 숙이고 있던 유월향이 쓴웃음을 머금었다. 늙어서 그런 걸까, 아니면 오랜만에 딸아이의 집에 와서 그런 걸까.

수많은 상념이 떠올랐다.

이대로 있으면 상념에 파묻힐 것 같아서, 유월향은 묵묵히 서 있는 무인에게로 시선을 돌렸다. 그녀의 시선이 불편했는지 무인이 공연히 헛기침을 내뱉었다.

"힘잉하게도 생기셨구려."

"저 말이오?"

"그래요, 그래."

키가 작은 무인이 퉁명스러운 얼굴로 자신을 가리키고는 떨떠름한 표정을 지으며 고개를 홱 돌렸다.

"잘생기면 뭐하오, 키가 이 모양인데. 칠삭둥이라 그런지 성장이 어느 선에서 멈춰 버리더구려. 내 평생 소원이 훤칠하다는 소리를 듣는 것이라오."

"칠삭둥이셨소?"

유월향이 서글프게 웃으며 말했다.

"왜, 이제 키가 작은 이유를 알 것 같소?"

"아니요, 그게 아니에요. 내 셋째 생각이 나서 그렇다오. 그 아이도 칠삭둥이였지요."

유월향이 먼 곳을 보는 시선으로 고개를 떨어뜨렸다.

"지독한 난산(難産)이었지요……."

그래, 지독한 난산이었다.

아직 나올 때도 아니 된 녀석이 뭐가 그리 급한지 일곱 달을 갓 채웠을 무렵부터 보채기 시작했다.

서둘러 매파를 불렀지만 애를 살리고 어미가 죽든지, 어미가 살고 애가 죽든지 해야 한다고 했다.

그래도 익힌 것이 무학이라고 애도, 그녀도 죽지는 않았지만 겨우 출산한 아기는 허약하기 짝이 없었다.

젖도 제대로 못 빨고 빠는 시늉만 하다가 잠들어 버릴 때면 가슴이 타들어가는 것 같았다.

아직까지도 그때의 생각만 하면 가슴이 시큰거렸다.

눈에 밟히기로는 막내를 얻고 더 했다.

연년생으로 낳은 까닭일까?

젖이 부족했다.

셋째를 배불리 먹이지도 못했는데 막내까지 먹여야 했다. 젖은 점점 말라붙었고, 아이들은 배고프다고 보챘다.

넌 좀 늦게 오지 왜 이리 빨리 왔누.

칠삭둥이로 태어난 셋째보다는 그래도 건강하게 태어난 막내를 탓하는 것이 쉬웠다. 일 년만 늦게 오지, 이 년만 늦게 오지하고 잠든 막내아기의 볼을 꼬집은 적도 많았다.

그래서였을까.

막내는 머리가 굵기 전부터 어미보다 제 고집이 우선이었다.

"아, 저기 대부인께서 오시는구려."

키가 작은 무인의 말에 유월향이 얼른 고개를 들었다.

접객실의 문이 열려 있던 관계로 멀리서 시비 두 명과 함께 걸어오는 귀부인의 모습이 선명하게 보였다.

화려한 비단정장이 불편한지 귀부인은 소맷자락을 자꾸 매만지고 있었다.

"홀홀홀."

모녀(母女)

유월향은 저도 모르게 웃음을 터뜨리고 말았다. 조금만 갑갑하게 입혀놓으면 견디지 못하고 훌렁훌렁 벗어버리던 막내딸의 어린 시절이 떠오른 것이다.

아무리 만져도 갑갑하기는 마찬가지인지, 귀부인은 신경질적으로 소매를 놓아버렸다.

유월향은 그제야 귀부인과 시선을 마주할 수 있었다.

귀부인의 눈이 휘둥그레 커졌다.

"어, 엄마?"

나이 사십이 넘어가는 귀부인일지라도 어미를 부를 때는 어머니가 아니라 엄마를 찾는 법이다.

귀부인, 아니, 진운혜의 눈에 눈물이 그렁그렁 걸렸다.

"허, 헉! 진짜 대부인의 모친 되시오? 아니, 되십니까?"

키가 작은 무인이 대경하여 헛숨을 들이켰지만, 유월향은 더 이상 그를 신경 쓰지 않았다. 외지로 시집간 딸의 얼굴만 하염없이 살필 뿐이었다.

"어찌 이리 말랐누, 어찌 이리 말랐어."

유월향의 눈가에 뿌연 습막이 차올랐다.

"엄마!"

진운혜는 체면조차 잊고 정신없이 뛰어와 유월향의 품에 안겼다. 이제는 제 키보다 더 커진 딸인데도, 유월향은 그녀가 마르고 가냘프다고 생각했다. 왠지 속에서 무언가가 북받

치는 것 같아서 유월향은 품에 안긴 진운혜의 등을 세게 두드렸다.

"귀한 곳으로 시집갔으니 살이나 찌우지, 이 미련한 것아. 어찌 이리 말랐어?"

"엄마, 엄마."

진운혜가 흐느끼며 말했다. 반가움과 미안함, 죄책감이 뒤섞여 진운혜는 아무런 말도 하지 못했다.

그녀는 어머니를 모시기 싫어했었다.

어린 시절부터 큰언니, 큰오빠, 작은 오빠만 좋아하더니 어머니는 매병에 걸려서도 마찬가지였다. 다 돌아보고 마지막에 와서야 자신을 찾는다는 것이 그렇게 섭섭하고 싫을 수가 없었다.

"흥. 평생 셋째 오빠만 끼고 살더니, 셋째 오빠한테나 있지 나한테는 왜 온대? 오지 말라고 해, 난 싫어."

도지휘사의 일로 바쁜 셋째 오빠가 먼 길을 도와 직접 찾아왔을 때, 그녀는 남궁세가의 대부인이라는 체면도 잊고 퉁명스레 쏘아댔었다.

그래도 어머니라서, 엄마라서 거절할 수가 없었다.

못 이기는 척 오게 하리라, 오면 그간 서운했던 것들을 몽

모녀(母女) 153

땅 풀어내리라, 그렇게 생각했었다.

"어찌 이리 말랐어, 어찌 이리."

유월향이 속도 모르고 그녀의 등을 두드렸다. 진운혜는 울음에 막혀 차마 떨어지지 않는 입을 억지로 열어 말했다.

"미안해, 엄마. 미안해……."

진운혜의 마음에 올올히 맺혀 있던 시린 멍 자국이 통증을 일으켰다. 엄마를 만났는데도 통증은 사라지기는커녕 더욱 심해질 뿐이었다.

2

창천검전.

남궁세가의 본관은 무림맹의 본당과 이름이 같다. 무림맹의 초대 맹주가 남궁세가의 가주였으니 가능한 일일 터였다.

창천검전의 가장 깊은 곳에 가주 내외의 거처가 있었는데, 진운혜는 우선 그곳으로 유월향을 안내했다.

유월향이 씻고 나오자, 진운혜는 비단 정장을 건네었다.

유월향은 별다른 말 없이 그것을 걸쳐 입었다. 비단 정장이 불편하기로는 진운혜보다도 그녀가 더했지만, 막내딸의 체면에 손상이 갈까 두려웠던 탓이었다.

그다음에는 식사를 할 차례였다.

진운혜는 어머니가 굶기라도 했을까 봐, 숙수에게 일러 진수성찬을 준비했다. 진운혜는 장정 서른 명이 와도 감당하기 힘들 정도로 많은 음식을 차려놓고는 어서 먹으라고 재촉했다.

"이건 취피계(脆皮鷄:닭껍질을 삶은 요리)가 아니냐?"

유월향이 반가운 얼굴로 말했다. 취피계는 그녀가 살던 광동 지방의 요리였는데, 남직예에서 맛보게 될 줄은 몰랐다.

"어머니 덕택에 어릴 때부터 광동 요리만 먹고 살았잖아요. 일부러 숙수도 광동 쪽 사람으로 구했어요. 요즘엔 장부께서도 제법 즐기신답니다."

진운혜가 취피계가 담긴 그릇을 유월향 쪽으로 밀었다. 이제 제법 정신을 차렸는지 말투가 확 바뀐 진운혜였다.

"지난 칠 년간 도대체 어디에 있었던 거예요, 어머니?"

"나도 모르겠구나, 막내야. 나도 모르겠어. 다만……"

앞 그릇에 닭껍질을 담아놓고도 그녀는 멍하니 그것을 바리보기민 했다. 왜인시 식욕이 일어나지 않았다. 진운혜가 고개를 갸웃하며 물었다.

"다만?"

"다만 꿈을 꾼 것 같구나. 행복한 꿈이었어. 나한테 손자들이 주렁주렁 달려 있었는데, 하나같이 귀여운 녀석들이었단다. 첫째는 듬직했고 둘째는 효녀였더랬지."

할머니에게는 장신구가 너무 없다며 노리개 하나를 내어 밀던 소년이 있었다. 어린 시절부터 제 동생에게 먹을거리니 뭐니 다 양보하고도 바보처럼 웃던 듬직한 첫째였다.

이제 제법 요리를 할 줄 안답시고 할머니인 자신을 조방 밖으로 밀어내던 소녀도 기억났다.

"영악한 셋째 녀석하고, 똑똑하고 성실한 넷째도 있었다. 머리는 좋은데 노력을 하지 않는다고 꾸중을 하곤 했는데, 괜히 기만 꺾는 게 아닌가 늘 걱정했었다. 성실하고 영특하여 학문을 제법 잘하던 넷째를 칭찬해 줄 때는 더더욱 셋째의 눈치를 봐야 했지. 제법 애교를 잘 부리던 막내까지 다섯 명이었다. 그 아이들만 보면 먹지 않아도 배가 불렀었어."

매일 아침, 제일 먼저 잠에서 깨어나 할머니를 찾아 헤매던 어린 계집아이를 떠올리자 유월향의 가슴이 묵직해졌다.

떠나지 않겠다는 약속을 못 믿어서, 어릴 적의 계집아이는 할머니의 얼굴을 보고 나서야 안도하곤 했었다.

"하지만 이상한 일이지, 그 아이들 얼굴이 기억나지 않아."

유월향이 저로 닭껍질을 뒤적였다. 그것을 먹고 싶었다기보다는 눈물을 참아내기 위함이었다.

사실 그 꿈이란 것조차 딸아이의 얼굴을 보고 나서야 떠올린 것이지, 여태까지는 기억도 하지 못했었다.

왜 잊고 있었을까. 또다시 잊어버리면 어떻게 할까.

"얼굴도, 목소리도 기억나지 않아……."

"정말 무탈하신 것이지요? 어디 다친 데 없는 거 맞지요?"

진운혜가 걱정스러운 어조로 말했다.

"으응, 몸은 멀쩡하다."

진운혜의 시선을 느꼈는지 유월향은 얼른 아무렇지도 않은 표정을 지었다. 한낱 꿈 때문에 딸아이와의 시간을 흘려보낼 수는 없었다.

"그보다 우리 막내가 귀한 곳으로 시집을 가더니, 말투가 제법 어른스러워졌구나."

"그야, 뭐."

진운혜가 대수롭지 않게 고개를 끄덕이고는 유월향의 접시에 잘 볶인 육사(肉絲)를 가져다 놓았다.

"저는 어머니 말투가 더 어색한 걸요. 평생 광동 사투리에서 벗어나지 못하더니 언제 이렇게 정음을 익히셨담."

"그래도 내가 남궁세가 안주인의 어미 아니냐. 다른 이들이 보고 비웃을까 누려워 익혔다."

진운혜가 피식 웃으며 고개를 끄덕였다. 사실 그녀는 연신 유월향의 눈치를 살피고 있었다.

매병에 걸린 사람치고는 너무 멀쩡하게 보이지 않는가!

어쩌면 이미니는 매병마서 치유한 것일지도 모른다.

"지난 칠 년의 일이 기억이 안 난다면, 혹시 그 이전 일은

모녀(母女) 157

기억나세요?'

유월향이 기운없이 고개를 절레절레 저었다.

사실 지금도 머릿속은 안개에 휩싸인 것 같았다. 내공을 계속 운용해야 제정신을 유지할 수 있었다. 잠시라도 긴장을 늦추었다가는 혼몽에 빠져들고 말리라.

진운혜의 표정이 딱딱하게 굳었다. 혹여 매병이 아니라 주화입마가 아닌가 걱정하고 있었던 것이다.

"주화입마일까 걱정되는 게냐?"

진운혜의 걱정을 알아차린 유월향이 서글프게 웃었다.

"선도(仙道)의 무학을 배웠는데도 말이다, 어미는 등선(登仙)을 꿈꿔본 적이 없단다. 등선하려면 정(情)이니 무엇이니 다 끊어야 하는데, 어미 된 자가 어찌 그럴 수 있을까. 어미 된 자가 자식을 사랑하지 않고 어찌 배길 수 있을까. 나는 신선이 아니라 사람으로 늙어가야 했단다, 막내야. 사람으로 늙어가고 싶었단다. 어쩌면 그래서 매병이 온 것일지도 모르지."

"그래요, 그래. 우리 어머니는 셋째 오라버니 두고는 어디도 못 가지."

주화입마는 아니라는 말에 안도한 진운혜가 유월향을 곱게 흘겨보며 말했다. 유월향의 가슴이 철렁 내려앉았다.

"큰 언니는 첫 아이라 예쁘고, 큰 오빠는 장남이라 귀하고, 작은 오빠는 아파서 품 안에 두는데 나는 뭐야? 나는 뭐냐고!"

유월향이 눈을 질끈 감았다.

막내에게 밀려 젖도 배불리 먹지 못하고, 덩치마저 작달막했던 셋째는 잔병치레가 잦았다. 제일 예쁨 받아야 할 막내인데도 딸아이는 제대로 사랑 한 번 받아보지 못했다.

우육이니 뭐니 하는 귀한 것들은 셋째의 입으로 먼저 들어갔고, 혹여 막내가 빼앗아 먹기라도 했다가는 꾸중을 들었다.

나도 먹고 싶다고 울어대는 막내를 보면 가슴이 찢어지는 듯했지만 어쩔 수 없다고 생각했다. 아랫돌을 빼어 윗돌을 괴더라도 목숨부터 살려야 했다.

하지만 그 정성도 무용지물이었다. 셋째의 다리가 점점 굳어가기 시작했던 것이다.

서둘러 들고 의원에게로 뛰어갔더니, 소아에게 흔히 찾아오는 마비증상이라고 했다. 나름 침도 놓고 탕약도 달여주었지만 차도는 없었다.

마침 살던 곳 근처에 온천이 있었는데, 그때부터 그녀는 매일 셋째를 데리고 온천으로 향했다. 셋째의 배가 곯으면 안 좋을까 봐 자신의 끼니마저 굶고 셋째부터 먹였다.

지독한 흉년이 들었을 어느 해였다.

그녀는 이삭을 주워 일 나가야 하는 첫째와 둘째부터 먹이고 아픈 셋째는 특히 배불리 먹였다.

막내는 그녀와 함께 묽은 보리죽을 먹었다.

끼니를 모두 때우고 셋째를 안고 집을 나서는데, 도대체 왜인지 뒤통수가 간지러웠다. 그녀는 저도 모르게 뒤를, 막내가 오도카니 앉아 있는 곳을 바라보고 말았다.

허기에 질린 막내가 부럽다는 시선으로 셋째 오빠를 바라보고 있었다. 오빠가 아프니 어쩔 수 없다고, 참아야 한다고 의젓하게 말하던 막내였지만 부러움을 참을 수는 없었던 것이다.

그 시선이 그녀의 가슴에 화인(火印)으로 남았다.

'처음엔, 처음엔 화가 났었단다.'

유월향이 진운혜를 물끄러미 바라보았다.

네 오라비 먹일 것이라고, 아프니까 어쩔 수 없지 않느냐고, 그런 눈으로 보지 말라고 화를 내고 싶었다.

하지만 막내에게 화가 난 것이 아니었다. 모자란 자신에게 화가 난 것이었다. 어찌 이리 모자란 어미냐고, 왜 자식들 배 하나 불리지 못하냐며 얼마나 가슴을 쥐어뜯었는지 모른다.

부모는 자식의 앞에서 항상 죄인인 법이다.

"미안하다, 미안해."

"갑자기 뭐가요?"

유월향이 진운혜의 얼굴을 물끄러미 바라보았다.

불현듯 가슴이 섬뜩해졌다. 살아생전에 이 얼굴을 다시 볼 수 있을까 싶었다. 어쩌면 이게 마지막으로 보는 것이 될지도 모른다고 생각하니 견딜 수가 없었다.

유월향은 저도 모르게 진운혜의 얼굴을 쓰다듬었다.

"너는 내게 그렇게 잘해주었는데, 나는 그러지 못했어."

철없을 때는 저도 예뻐해 달라고 패악질을 부리던 막내였지만, 나이를 먹고서는 제 어미 곁을 떠날 줄 몰랐다.

큰오빠도, 작은 오빠도 돈을 버는데 뭐가 걱정이냐며 이곳저곳으로 놀러 다니자 끌어당겼었다.

혼인을 할 때도 마찬가지였다.

사는 곳이 섬서이니 친영(親迎:신랑이 처가에 가서 신부를 데려오는 것)은 남궁세가가 있는 합비에서 치르자 했는데, 다른 것에는 순응하던 진운혜가 그때만큼은 고집을 부렸다.

본래 친영은 신부 집에서 출발하는 것이라며 일 년 가까이 걸리는 길을 자청한 것이다.

가는 길도 배배 꼬아놓아서 어느 세월에 도착할지 가늠할 수가 없었다.

알고 보니 그것은 유월향, 그녀를 위한 것이었다. 섬서에서 출발한 진운혜는 유월향과 함께 각지의 명승지를 다 둘러보고 난 후에야 남궁세가에 들어갔던 것이다.

아무 걱정 없이 세상을 떠돈 것은 그때가 처음이었다. 세상에 그렇게 아름다운 곳이 많았는지도 그때 처음 알았다.

"저기, 너야 여기 사니까 귀한 것 많이 먹겠지?"

정신을 차린 유월향이 품을 뒤적거렸다. 옷을 갈아입을 때에도 빼놓지 않은 것이 있었는데, 반 토막 난 노리개와 찢어진 당혜, 그리고 작은 면포 뭉치 하나였다.

"사실 칠 년 전에도 이것을 주러 오던 길이었는데……."

유월향이 머뭇거리더니, 면포 뭉치를 조심스레 꺼내었다.

"오는 길에 어느 집 조방을 빌려 만들어봤는데, 다 부서져버렸다. 나중에 여기 숙수에게 다시 만들어 달라고 해라."

유월향이 면포 뭉치를 슬며시 밀었다.

칠 년 전부터 주고 싶은 것이 무엇이었을까, 의아해하던 진운혜가 얼른 그것을 열어보았다.

안에는 부스러진 과자 조각이 들어 있었다.

진운혜는 하마터면 울음을 터뜨릴 뻔했다.

"도소(桃蘇:호두를 넣은 바삭바삭한 과자)."

진운혜의 목소리가 떨려 나왔다.

기억도 나지 않는 어린 시절, 어느 잔칫집에 다녀온다던 엄마가 도소를 싸온 적이 있었다. 진운혜는 세상 천지에 그렇게 맛있는 것이 있는 줄은 미처 몰랐다.

먹을 것이 생기면 무조건 셋째 오라버니부터 먹이던 엄마였지만, 도소만큼은 꼭 그녀의 차지였다.

멋모르고 그것을 주워 먹었다가는 아무리 아픈 셋째 오라버니라도 치도곤을 당하곤 했다.

나이가 들어 도소를 좋아하지 않게 되었을 때에도 엄마는 도소가 생기면 몰래 숨겨놨다가 그녀에게 건네주곤 했다.

도소 때문이 아니라, 엄마의 표정 때문에 그것을 먹지 않을 수 없었다. 그녀가 맛있게 먹어주기를 기대하는 그 표정.

진운혜가 아랫입술을 질끈 깨물었다.

생각해 보니 지난 칠 년 동안 도소를 먹어본 적이 없었다.

"칠 년 전에……."

참아왔던 눈물이 조금씩 새어 나왔다.

"이거 주러 왔던 거야?"

엄마는 합비로 오다가 실종되었다. 갑자기 왜 합비로 오고 싶어했을까 늘 궁금했는데, 엄마는 매병에 걸려 정신이 오락가락하면서도 도소만큼은 잊어본 적이 없었나 보다.

"고작 이거 주러……."

유월향이 환하게 미소를 지었다.

"네가 좋아했었잖아."

"바보, 바보같이."

어서 먹어보라는 표정, 맛있게 먹고 기뻐해 주기를 바라는

모녀(母女) 163

표정을 바라보던 진운혜가 과자를 조금 베어 물었다.
"어때, 먹을 만하냐?"
"응, 으응."
진운혜가 조금씩 고개를 끄덕였다.
그리움 가득한 맛이 났다.

第六章
상처(傷處)

1

 할머니와 진운혜가 십삼 년 만에 해후했을 무렵이었다.

 소량은 석 달의 시간을 달려 회령(懷寧)에 도착해 있었다.

 불길은 잡을 수 있어도 소문은 잡을 수 없다는 말이 있기 하지만, 아직 회령까지는 운향산의 혈사가 알려지지 않은 상태였다. 다만 도천존의 비급이 탈취당했다는 소문만은 이곳에서도 들을 수 있었다. 회령의 무인들은 어서 빨리 무한삼진으로 가보자며 들떠 있었다.

 회령(懷寧)의 안남객잔(安南客棧)도 도천존에 관한 이야기로 가득했다.

"그렇소이다! 익히 알고 있다시피 도천존 단천화, 단 대협께서는 본래 한 가지 규칙만 가지고 계셨소이다! 무학의 극에 오르신 그분께서는 자신의 삼 초식을 받아내는 자, 목숨을 달라 해도 내어주겠다 천명하셨지요!"

매화자(賣話子) 한 명이 그럴듯하게 외쳤다.

객잔에서 식사를 하던 백성들이 호기심 어린 얼굴로 고개를 주억거렸다. 도천존과 같은 절대고수의 행적은 구름 속의 신룡과 같아서 좀처럼 들을 수가 없는 것이다.

하지만 강호의 무인들은 달랐다.

그들은 이미 도천존의 삼 초식을 받아내면 그가 어떤 부탁이라도 들어준다는 것을 알고 있었다.

"그런데 이를 어찌하오? 단 부인께서 중병에 걸리고 말았으니! 생사신의까지 초빙했건만, 안타깝게도 단 부인은 죽음을 맞고 말았다오. 단 대협께서는 식음을 전폐하시며 슬퍼하셨지요. 그때 바로 나머지 두 개의 규칙이 생겼다오. 아내의 묘소에 침범하는 자, 목숨을 잃으리라! 자신의 비급을 만진 자, 목숨을 잃으리라!"

이야기를 주워섬기던 노인이 입술에 침을 발랐다.

"도천존이라면 대의를 좇고 백성들을 돕는 대협이라고 알고 있었는데, 알고 보면 그것도 아니었군. 백성들이 이렇게 도탄에 빠져 있는데 아내의 죽음에 발이 묶여 대의마저 모른

체한단 말인가?"

"허허허! 그리 생각하실 수도 있지요. 하지만 이 이야기를 들으시면 그런 말은 하지 못하실 겝니다."

"무슨 이야기인데 그러시오?"

"도천존 단 대협과 부인은 어떻게 만났는가! 강호에 알려지지 않은 비사(秘事) 중의 비사지요. 그럼 시작하리다."

이야기를 시작하겠다고 해놓고 매화자는 목이 칼칼하니, 속이 출출하다느니 하는 소리만 지껄일 뿐이었다. 식사를 하던 보부상 한 명이 무릎을 치며 호방하게 외쳤다.

"하하! 그 매화자 솜씨 한 번 좋다. 좋아, 좋아! 내 한 턱 크게 내지. 점소이는 매화자에게 화주 한 병을 주고, 입이 심심할 터이니 소채나 좀 볶아주어라!"

"고작 화주 한 병에 소채 정도로 한 턱은 무슨."

옆에 있던 동료가 사내를 타박했다.

하지만 매화자는 그 이상을 바라지 않는지 반색하여 말했다.

"그 정도면 이 노규화(老叫花)에게는 큰 은혜요! 좋소, 이야기를 시작하리다. 때는 당금 황상께서 응천부가 아니라 연왕부에 계시던 십육 년 전이오."

이처럼 이야기를 팔아 구걸하는 것을 예규화(藝叫花)라 하는데, 달리는 선생(先生)이나 창고사(唱故事)라 부른다.

매화자의 이야기를 들으며 온로면을 먹고 있던 소량이 걱정스러운 목소리로 입을 열었다.

"왜, 입맛에 맞지 않느냐?"

소량의 앞에는 연호진이 앉아 온로면을 먹고 있었다.

이야기에 정신이 팔려 있던지라 연호진의 온로면은 아직도 가득 남아 있었다.

"아니요, 맛있어요."

뒤늦게 정신을 차린 연호진이 누가 뺏어갈세라 얼른 온로면을 들이켜기 시작했다. 소량은 실소를 머금고 말았다.

"그것으로만 배를 채우면 안 될 텐데."

소량이 장난스러운 표정으로 말하자 연호진이 의아한 표정을 지었다. 소량이 소매를 뒤적거려 구리돈 몇 개를 꺼냈다.

"여비를 마련하려고 했던 일이지만, 짐을 옮긴 것 치고는 대가를 과하게 받았다. 공으로 얻은 돈은 공으로 쓰라 했으니 우리 맛있는 거나 먹자꾸나. 우육이나 해산물은 구경도 못하겠지만… 돈육(豚肉)은 먹을 수 있겠는걸."

연호진이 마음에 든다는 듯 다리를 몇 번 까딱거렸다. 어지간하면 웃지 않으려 하는 연호진이었지만, 표정만은 눈에 띄게 밝아져 있었다.

사실 처음 운향산을 하산했을 때만 해도 연호진은 소량과 동행하려 하지 않았다. 하산을 했으니 자신은 가겠다며 기운 없이 몸을 돌려 거리로 사라지려 했었다.

하지만 소량은 그를 보내지 못했다.

같은 고아였기 때문일까, 아니면 세상에 남을 돕는 사람은 아무도 없다는 말 때문일까.

연호진을 이렇게 보내서는 안 될 것 같았다.

소량은 할머니의 행방을 알려주었으니 은혜를 갚아야 한다며 연호진을 붙잡았다. 할머니를 찾아 무창으로 돌아가거든 목공 일이나 가르쳐 볼 생각이었다.

"여기요!"

소량이 밝은 얼굴로 손을 들어 올리자, 점소이가 바람같이 달려와 굽신거렸다. 소량은 돈육으로 된 요리가 무엇이 있는지 물어본 다음, 건팽육(乾烹肉)을 주문했다.

연호진이 고개를 갸웃했다.

"건팽육이 뭐예요?"

"돈육을 튀긴 거란다. 내 여동생이 이걸 제법 잘했었지. 맛이 괜찮으니 한번 먹어보아라."

말을 마친 소량이 매화자를 돌아보았다. 간만에 술이 들어가서 그런지, 매화자의 얼굴이 붉콰하게 달아올라 있었다.

이야기에 취한 연호진과 달리, 소량은 매화자의 목소리를 한 귀로 듣고 한 귀로 흘려버리고 있었다.

상처(傷處) 171

그의 머릿속은 곽서문이 떨어뜨린 물품에 새겨져 있던 표식에 대한 생각으로 가득했다.

'혈마라······.'

태행마도 말고 다른 무인도 알까 싶어서 오는 동안 여기저기 캐물어보았더니 노무사 한 명이 답을 해주었다.

"오십 년 전쯤인가? 아니, 정확히 기억나는군. 오십이 년 전이었을 게요. 마교가 청해 밖으로 물러난 후 이런 표식이 보이기 시작했다오. 본래는 마교의 잔당을 뜻하는 표식이었는데 혈마가 사용하게 되면서 그의 것으로 알려졌지. 이것은 표식 중에서도 초기의 것이라 아는 자가 거의 없는데, 소협께서는 어찌 이 표식을 알고 계셨소?"

소량은 정중하게 사정을 설명한 다음, 혈마에 관해 물었다. 강호인이라면 모두가 알고 있는 이야기를 소량만 모르고 있었던 것이다. 노무사는 스스로를 마인이라고 칭한 것만 봐도 혈마가 얼마나 광인(狂人)인지 알 수 있다며 열변을 토했다.

"하늘도 무심하시지. 그에게 어찌 그런 무학을 허용하셨단 말인가! 당대의 어떤 무인도 그를 꺾을 수는 없었소. 무림맹이야 공식적으로 자신들이 혈마를 죽였다 하지만, 소문에 따르면 은거해 있던 천하제일고수가 혈마를 죽였다고 하더구려."

 은거해 있던 천하제일고수가 혹시 할머니는 아닐까.
 소량은 점점 머리가 복잡해지는 것을 느꼈다.
 '차라리 승조나 태승이었다면 뭐라도 짐작했을 텐데, 나로서는 알 수 있는 것이 없구나. 자세한 것은 할머니를 만나 여쭤보는 수밖에 없겠다.'
 소량은 고개를 홰홰 저어 상념을 떨쳐 버렸다. 한 가지 상념이 지나가고, 그 자리에 또 다른 상념이 가득 찼다.
 이번엔 검기에 대한 상념이었다.
 '강유가 서로를 밀어내니, 비로소 변화가 생긴다.'
 소량은 태행마도의 도를 손으로 막아냈던 것을 떠올렸다.
 어찌 보면 검에 기운을 불어넣는 것보다 손에 기운을 불어넣는 것이 더 쉬웠을지도 모른다.
 '한번 해볼까.'
 소량의 손에 흐릿하게나마 기운이 일어났다. 소량은 눈을 반개한 채로 손을 가볍게 휘저어 보았다.
 손가락 사이로 바람이 새어 들어왔다.
 '무당파라면 신선들이 사는 곳이라 알려진 곳. 그런 곳의 일대제자들과 비견된다니, 무학을 헛배운 것은 아니로구나.'

상처(傷處) 173

그럼에도 불구하고 태허일기공의 삼단공은 먼 곳에 있었다. 아직도 소량은 이단공에서 삼단공으로 넘어가지 못한 것이다.

소량은 미간을 찌푸리며 기운을 거두었다.

"대협, 건팽육이 나왔어요."

"그래? 어서 먹어보자꾸나."

연호진의 말에 소량이 환히 웃으며 고개를 끄덕였다.

연호진이 반색하며 저를 들었고, 소량도 간만에 고기를 맛본다며 건팽육 한 조각을 집었다.

맛이 제법 괜찮았기에 식사는 눈 깜짝할 사이에 끝났다. 소량은 배부르다며 트림을 하는 연호진의 손을 꼭 부여잡고는 객잔을 나섰다. 객잔의 맞은편에서 늙은 점쟁이가 한가로이 조는 것이 보였다.

"회령의 저잣거리는 한산한 편이로구나."

"대협, 대협께서는 다른 곳을 많이 가보셨나요?"

연호진이 고개를 갸웃하며 질문했다.

소량이 천천히 고개를 저었다.

"아니, 본래 나는 무창을 떠나본 적이 없단다. 회령이 한산하다는 말도 사실 무창과 비교했기 때문이란다. 무창이나 한구나 물길이 닿아 번잡스러운 곳이 아니냐."

연호진이 알 것 같다는 표정을 지었다. 그가 살고 있던 한구에 비해보아도 회령은 텅 빈 것이나 마찬가지였다.

"그보다 정말 형이라고 불러주지 않으려느냐? 정녕 싫다면 대협 소리라도 말아다오. 들을 때마다 낯 뜨거워 죽겠다."

"싫어요. 대협은 대협인 걸요."

소량이 곤란해하는 것이 재미있었는지 연호진이 장난스레 말했다. 소량은 못마땅하다는 듯 그런 연호진을 바라보다가 아예 그를 안아버렸다.

"그렇다면 나는 이렇게 해야겠다. 아직 어린아이이니 길을 잃어버려서는 안 되지."

"내, 내려줘요, 대협."

연호진이 당황하여 말했다. 여전히 목소리는 작았지만 화가 잔뜩 났는지 얼굴이 붉게 달아올라 있었다. 어린아이 취급을 유난히 싫어하는 연호진이었다.

소량이 내려주지 않자 연호진은 아예 발버둥을 쳤다.

잠시 뒤, 소량이 껄껄 웃으며 연호진을 내려놓았다. 연호진은 토라진 얼굴로 소량의 손도 잡지 않으려 들었다.

"하하하. 내가 과하게 놀린 것이로구나. 미안하다, 미안해. 대신 내 당과를 사주마."

그렇지 않아도 동생이 많은 소량이었다. 영화를 제외한 나머지 동생들이 놀자고 덤빈 적이 수도 없이 많으니, 아이들을 어찌 다루어야 하는지는 잘 알고 있었다.

"저는 당과를 먹지 않아요."

연호진의 표정이 눈에 띄게 어두워졌다.

아이 취급을 할 때나 이처럼 당과 따위를 사준다고 하면 늘 어두워지는 연호진이었다.

"내 동생들이 너만 했을 적에는 당과를 사준다는 말에 울음도 그쳤는데 너는 참 독특하구나. 당과가 싫으면 좋다. 내 대신 용돈을 주지. 당과가 얼추 구리돈 다섯에서 열 문 정도 하니… 받아라, 다섯 문."

소매를 뒤지던 소량이 구리 조각을 내밀었다. 연호진이 의아해하는 눈초리로 바라보자 소량이 실소를 머금었다.

"나 혼자 당과를 먹기 뭣해서 주는 것이니 받아두어라. 혹여 쓰기가 부담스럽거든 돈을 모아 고기나 한 번 더 맛보는 것이 어떻겠느냐?"

연호진이 돈을 받아 들고는 고개를 끄덕였다. 소량이 피식 웃으며 그런 연호진의 머리를 쓰다듬어 주었다.

"그렇다면 나도 당과 대신 돈을 모아봐야겠는걸. 어디, 누구 돈으로 먼저 고기를 먹게 될지 한번 보자. 자, 가자."

소량이 연호진의 손을 잡고 천천히 걸음을 옮겼다.

"우리는 어디로 가는 건가요?"

"본래 바로 출발할 생각이었지만, 마침 부근에 신양상단의 지부가 있다는 소리를 들었다. 동생들이 소식을 몹시 기다리고 있을 테니, 서신이라도 전해주어야지."

"대협의 동생 분들도 글을 읽을 줄 아시나요?"

연호진이 부럽다는 듯 말했다.

"기회가 닿거든 네게도 글을 알려주마."

말을 마친 소량과 연호진이 앞서거니, 뒤서거니 걸음을 옮겼다. 회령의 한산한 저잣거리가 그들을 배웅했다.

2

그 뒤로 이십여 일의 시간이 더 흘렀다.

소량과 연호진은 북진하여 동성(桐城) 쪽으로 향했다. 중간에 악서(岳西)를 지나긴 했지만 민가가 없어 노숙을 하는 날이 많았다.

힘든 여정이었으나 오히려 그 덕택에 소량과 연호진은 많이 친해질 수 있었다. 연호진도 이제는 제법 말문이 트여 소량의 말벗이 되어주곤 했다.

하지만 연호진이 울음을 삼킬 때도 있었다.

인적 끊긴 소로에서 비를 만난 까닭에 자그마한 동굴에서 하루를 보낸 적이 있었다. 불을 피우고, 비에 흠뻑 젖은 연호진의 옷을 벗겨 말리게 한 다음 품에 안고 따듯하게 몸을 비벼주는데 연호진이 갑자기 울음을 터뜨렸었다.

무슨 상처가 있었던 것일까.

옛 기억 때문이라고 말하며 울음을 삼키려 애쓰는 연호진의 모습에 소량은 아무런 말도 하지 못했다. 그저 비에 연관된 안 좋은 기억이 있겠거니 여겼을 뿐이었다.

이십여 일이 지난 지금, 소량과 연호진은 제법 길이 닦인 관도를 만나 평탄하게 걸음을 옮기고 있었다.

"슬슬 끼니때가 다 되어가는구나."

옆에 작은 강이 하나 흐르고 있는데, 폭이 넓지는 않지만 깊이가 제법 깊다. 혹여 다리가 아플까 봐 연호진을 업고 걸어가던 소량이 눈빛을 빛냈다.

"건량이랍시고 산 말린 쌀은 맛도 없는데, 우리 간만에 민어나 맛볼까?"

"하지만 대협, 여기는 민가가 없는데요."

연호진이 의아한 얼굴로 질문했다.

"형이라고 부르라 하지 않았더냐?"

소량이 못마땅한 얼굴로 말하고는 연호진을 내려놓았다.

곧 소량이 어깨를 으쓱해 보였다.

"저 강 말이다, 물색이 검푸른 것이 제법 깊어 보인다. 낚시를 해보면 물고기가 나올지도 몰라."

"바늘이 없잖아요, 대협."

"있다, 바늘."

소량이 어깨에 걸쳐져 있던 바랑을 바닥에 내려놓았다. 본래 등에 매게 되어있는 바랑이었는데, 연호진을 업기 위해 조금 불편하더라도 한쪽 어깨에 걸쳐 두었던 것이었다.

"무창을 벗어난 지 석 달 만에 안 챙긴 사물이 없구나. 여차하면 낚시를 해서 끼니를 때울 요량으로 사두었는데… 여기 있구나!"

짐을 뒤적거리며 한탄하던 소량이 밝게 웃으며 바늘 세 개를 꺼내 들었다.

바늘을 손에 쥐고 다시 바랑을 챙긴 소량이 곧고 긴 나뭇가지를 두 개 꺾은 다음, 철검으로 그것을 다듬었다. 옷에서 실을 풀어 나뭇가지에 묶은 다음엔 바늘을 매달 차례였다.

소량은 낚싯대를 바라보며 자화자찬을 했다.

"모양새가 좀 이상하지만 이만하면 제법 괜찮은데. 어디, 미끼로 쓸 벌레나 찾아보자."

"예, 대협."

소량과 연호진은 곧 벌레들을 찾아 헤매기 시작했다.

가을이 다 되었지만, 아직 벌레들은 많았다. 귀뚜라미 등의 풀벌레도 있었고 땅을 헤집어보니 지렁이도 있었다.

벌레들을 모은 소량과 연호진은 강가에 자리한 바위 위에 앉아 낚싯대를 드리웠다.

처음에는 소량도, 연호진도 꿈에 부풀어 있었다.

상처(傷處) 179

낚싯대를 만드는 것도, 벌레를 찾는 것도 쉽기만 했으니 당장에라도 물고기가 뚝딱 나올 것 같았다.

그러나 일다경이 지나고 반 시진이 지나도 물고기는 미끼를 물어주지 않았다. 딱 한번 입질이 온 적이 있었는데 물고기는 지렁이만 쏙 빼먹고는 사라져 버렸다.

소량이 기운없는 얼굴로 한숨을 내쉬었다.

"낚이지 않는걸."

그 표정이 우스워 연호진은 저도 모르게 웃음을 터뜨리고 말았다. 소량이 반색하며 그런 연호진을 바라보았다.

"어? 웃었느냐?"

연호진은 당황한 표정을 지었다. 그 표정이 워낙에 심각한 고로 소량은 농담을 하려다 말고 입을 다물었다.

연호진은 저도 모르게 고개를 떨어뜨렸다.

'미안해, 희명(希明)아. 웃지 않으려 했는데 나 웃고 말았어.'

공연히 눈시울이 붉어지는 것 같아서 연호진은 눈가를 슥슥 닦았다. 문득 고개를 돌려보니, 걱정스러운 표정의 소량이 보였다.

'대협은 왜 내게 잘해주는 걸까?'

세상에 대가도 없이 다른 사람을 도와주는 사람은 없다. 운향산을 내려오는 즉시 태행마도인가 하는 사람처럼 해꼬지를 할 것 같아서, 연호진은 소량을 피하려 했었다.

하지만 소량은 해꼬지를 하지 않았다. 오히려 먹을 것도 주고 옷도 마련해 주며 잘 대해주었다. 의지하고 싶은 마음이 생기기도 했지만 연호진은 마음을 열지 않으려 애썼다.

'할머니의 행방을 알려주었으니 잘 대해주는 걸까?'

연호진의 표정이 시무룩해졌다. 그것만으로도 선하다 해야겠지만, 할머니의 행방을 알려주지 않았다면 뒤도 돌아보지 않고 떠났을 것이라고 생각하니 묘하게 섭섭해졌다.

'아냐. 어쩌면 대협은 할머니의 행방을 알려주지 않았어도 잘 대해주었을지 몰라.'

연호진이 고개를 떨어뜨리며 생각했다.

"에이, 낚시는 안 될 것 같다. 그냥 말린 쌀이나 씹자꾸나."

연호진의 눈치를 살피던 소량이 화가 난 척 낚싯대를 내려놓고는 바랑을 뒤적거렸다.

연호진이 조그맣게 중얼거렸다.

"대협, 대협께서는 왜 저를 구해주셨나요?"

바랑을 뒤지던 소량이 의아한 얼굴로 연호진을 돌아보았다.

소량의 시선을 느끼지 못했는지, 연호진은 작은 낚싯대만을 바라보고 있었다.

"운향산에서 내려올 때, 대협은 많이 다쳐 있었잖아요. 왜

상처(傷處) 181

그렇게 다치면서까지 저를 구해주셨던 건가요?"

"나는 태행마도에게 물어볼 것이 있어서 찾아간 것뿐이란다. 네 목숨을 구한 일 때문에 다친 것은 아니니 죄책감을 가지지 않아도 된다. 그건 네 잘못이 아니야."

"……"

연호진은 대답하지 않았다.

소량은 그제야 연호진이 죄책감 때문에 그런 말을 한 것이 아니라는 것을 깨달았다.

소량은 바랑을 내버려 두고는 한숨을 길게 내쉬었다.

"그래, 네 말대로일지도 모르겠다. 아마 나는 내가 다치게 되었더라도 너를 구했을 거야."

"어째서요?"

"흉악한 악당이 억울하게 너를 괴롭히고 있었잖느냐. 나는 그것을 보았고. 그렇다면 응당 도와야지."

"다칠지도 모르는 데도요?"

"응."

소량이 고개를 두어 번 끄덕이자, 연호진이 이해할 수 없다는 표정을 지었다. 소량의 말이 정론이긴 하지만 실제로 그렇게 하는 사람은 없다. 자신의 신체에 위해가 갈까 두려워서라도 그렇게 하지 못한다.

"대협은 이상해요."

연호진이 입술을 비죽거렸다.

"그런가?"

소량도 자신의 마음을 한마디로 정의 내릴 수는 없었다.

그저 저절로 그렇게 된 것일 뿐이니 거창하게 이유를 달 수도, 자신의 마음을 설명할 수도 없었다.

연호진은 고개를 숙인 채 속삭이듯 말했다.

"동생이 있었어요."

"네게도 동생이 있었느냐?"

"나보다 두 살 어린 동생. 이름은 희명이었어요."

연호진이 힘겹게 말을 꺼내며 작은 낚싯대를 만지작거렸다.

연호진의 아버지는 주정뱅이였다.

그냥 술만 마시면 모르겠는데 취하면 자신이 이렇게 된 게 너희 탓이라며 꼭 어머니와 연호진, 연희명을 때렸다.

어머니는 아버지가 술을 마시면 어서 도망가라며 집 밖으로 연호진과 연희명을 밀어내곤 했다.

그날도 연호진과 연희명은 도망을 쳤었다. 어머니는 집 안에서 아버지를 말리려 애를 썼었고 말이다. 그 와중에 어머니는 바닥에 넘어지며 문갑에 머리를 부딪치고 말았다.

그로부터 며칠 후, 어머니는 다 나은 줄 알았는데 머리가 자꾸 아프다고 했다. 너무 아파서 숨을 못 쉬겠다고도 했다.

그날 밤, 어머니는 코피를 펑펑 쏟으며 쓰러지고는 영영 깨어나지 못했다. 아버지는 어머니가 죽은 것도 연호진과 연희명의 탓이라고 했다.

"그래서… 그래서?"

소량이 힘겹게 입을 열었다. 이제 열 살이나 먹었음직한 작은 아이의 가슴에 평생 동안 가시지 않을 멍이 새겨져 있었다.

소량은 눈물이 고이려는 것을 애써 참았다.

"술을 마신 아버지의 손에 동생도 죽을 것 같아서 멀리 도망쳤어요. 아버지가 찾으러 왔지만 잡히면 죽을 것 같아서 힘껏 숨었어요. 한양에서 무작정 도망치다 보니까 한구까지 가게 되었어요."

그렇지 않아도 정난변 이후로 고아들이 쏟아진 때였다. 한양에도 고아들은 수도 없이 넘쳐흘렀다.

한양의 고아들은 나름 패를 이루고 살고 있었는데 하나같이 무섭지 않은 사람들이 없었다. 구걸에 성공하지 못하면 조금의 끼니도 주지 않았고, 성공한다 해도 팔 할은 그들이 빼앗아갔다. 그러는 사이 연희명은 하루가 다르게 말라갔다.

"도망치지 말 걸 그랬어요."

연호진이 울먹이며 말했다.

어느 여름날, 연희명이 바닥에 떨어진 만두 조각을 주워 먹고 있었다. 객잔의 점소이가 꺼지라며 던져 준 만두였다.
 그게 뭐가 그렇게 좋은지 연희명은 싱글벙글 웃었다.

 "장씨 아저씨가 이거 줬어, 형아. 형아도 먹어. 장씨 아저씨 참 착하지, 그치?"

 그때 처음으로 도망친 것을 후회했다. 차라리 매를 맞더라도 배를 채울 수 있는 곳이 나왔다.
 연호진은 다시 집으로 돌아갈까 고민했다.
 "그러다 싸움이 붙었어요. 우리 패의 대장이 사내 주제에 계집아이 이름을 하고 있다며 동생을 때렸거든요. 더는 견딜 수 없을 것 같아서 도망쳤어요. 집으로 가려고……."
 마침내 연호진의 눈에서 눈물이 떨어졌다. 연호진은 작은 낚싯대를 꼭 움켜쥔 채 몸을 바르르 떨었다.
 동생은, 연희명은 한양으로 돌아가는 길에서 굶어 죽었다.
 "당과… 먹고 싶다고 했는데."
 어린 시절 잠깐 맛보았던 당과가 기억에 남았던지 희명은 당과를 먹고 싶다고 했다. 일곱 살 아이의 소망이었으나, 그를 들어줄 수 있는 사람 또한 아홉 살에 불과했다.
 작았던 연호진은 더 작은 동생을 업고 한구로 돌아갔다. 그리고 오가는 행인을 붙잡으며 도와달라 외쳤다.

한 명, 두 명, 세 명.

처음에는 의원에게 데려가 달라고 했다가 그다음에는 당과 하나만이라도 달라고 했다. 수십 명, 아니, 수백 명이 넘는 사람에게 외쳤는데도 그들을 도와주는 사람은 아무도 없었다.

"누가 도와주러 올 거야. 조금만 참아."

그렇게 말했더니 연희명은 형아가 보이지 않는다고 무섭다고 울음을 터뜨렸다.
그것이 연희명이 마지막으로 내뱉은 말이었다.
"세상에 다른 사람을 도와주는 사람은 아무도 없어요."
연호진이 훌쩍이며 말했다. 소량은 천천히 연호진에게로 다가가 그를 안아주었다.
"흑, 흐흑."
무슨 말을 해주어야 할까. 이제는 괜찮다고? 네가 그렇게 잘 돌봐주었으니 동생도 행복했을 거라고?
말도 안 되는 소리였다.
그런 말은 오로지 이미 죽어버린 동생만이 할 수 있다.
한참 동안 머뭇거리던 소량이 연호진을 꼭 안으며 말했다.
"울어도 괜찮아."

"으아앙!"

연호진이 소량의 목을 부여잡으며 눈물을 터뜨렸다. 여태껏 참아왔던 것만큼, 미안해서 울지도 못했던 만큼 울었다.

"미안하다."

소량이 눈을 질끈 감으며 말했다. 스스로도 무엇이 미안한지는 알지 못했다. 그저 가슴이 타들어가는 것만 같았다.

"미안하다, 정말 미안해."

"으아앙, 으아앙!"

소량은 눈을 지그시 감고 연호진의 등허리를 두드렸다. 연호진의 운명은 소량에게도 친숙한 것이었다. 만약 할머니가 없었더라면 소량도 동생을 잃고 그렇게 울었을지 모른다.

"네가 잘못한 게 아니야. 독한 놈의 세상이 그런 거야."

언젠가 영화가 나무장의 이야기를 하며 울 적에 할머니가 했던 말이었다. 그때만 해도 그 말의 뜻을 정확하게 알지 못했는데 이제는 알 수 있을 것 같다.

"이 독한 놈의 세상이 그런 거야……."

소량의 중얼거림이 강물 위로 흩어졌다.

그렇게 반 각이나 울었을까.

울다 지친 연호진이 가늘게 호흡을 골랐다. 아이 특유의 꺽꺽거림이 남았지만 연호신은 더 이상은 울지 않았다.

소량의 옷자락을 잡아당겨 내려가고 싶다는 뜻을 표한 연호진이 꼬물꼬물 아래로 내려왔다.

소량은 무릎을 꿇고 눈이 벌겋게 부은 연호진을 바라보았다.

"나중에 한양으로 날 데려가 줄 수 있나요?"

연호진이 옷자락 틈에서 옥패 하나를 꺼내며 물었다. 자그마한 옥패였는데 용 모양으로 조각이 되어 있었다. 아이가 가지기에는 귀한 것인지라 소량의 표정이 의아하게 변했다.

"태행마도라는 나쁜 아저씨가 들고 있으라고 했어요. 내 것이 아니긴 하지만… 희명이는 노리개를 좋아했거든요. 나중에 무덤에 묻어줄 거예요."

"그래, 그렇게 하자."

소량이 연호진의 양손을 마주 잡아주었다.

따스한 손길 탓인지 연호진의 눈가에 또 눈물이 고였다.

"호진아."

연호진은 대답 대신 고개를 떨어뜨렸다.

"당과를 먹어도 괜찮아. 웃어도 괜찮아. 동생이 먹지 못했던 만큼 먹고, 동생이 웃지 못했던 만큼 웃어도 돼."

연호진이 고개를 도리도리 저었다.

차마 그럴 수는 없었다. 죽어가는 동생은 당과를 먹지 못했는데 어찌 자신이 당과를 먹을 수 있단 말인가!

소량이 서글프게 웃으며 말하였다.

"대신 그 옥패를 넣을 때 당과도 넣어주자. 많이 웃었던 만큼 울어주자. 형도 네 동생의 무덤에 가줄게."

연호진이 아무런 말도 없이 아랫입술을 깨물었다.

한참이 지나도록 연호진이 말이 없자 소량이 쓴웃음을 지으며 자리에서 일어났다. 대답을 기대해서는 안 될 것 같았다.

그때, 연호진이 소량의 옷자락을 잡았다.

"진짜로 당과 넣어줄 거예요, 대협?"

소량이 당황하여 아래를 내려다보았다. 여전히 고개를 숙이고 있는지라 연호진의 정수리만 보일 뿐이었다. 소량이 희미하게 미소를 지으며 그런 연호진의 머리를 쓰다듬었다.

"형이라고 부르라고 했잖느냐."

소량의 옷자락이 한층 더 구겨졌다.

연호진이 손에 힘을 주어 잡은 탓이었다.

第七章
도천존(刀天尊)
단천화(段琲和)

천애협로

1

 운해무관(雲海武館)은 합비 옆 서성현(舒城縣)에 자리한 문파로, 남직예 전체에 크게 알려진 문파 중 하나였다.
 지금은 늙었다지만 운해추룡(雲海追龍) 막현우(莫賢寓)는 남지에를 넘어 호광에까지 이름을 알린 창의 고수로, 한때 창절(槍絶)이라 불린 무인이었다.
 서성현은 이번에 금분세수(金盆洗手)를 치르게 될 막현우의 고희연(古稀宴) 준비로 잔뜩 들떠 있었다.
 본래 강호는 수렁과 같아서, 한 번 발을 디디면 헤어 나올 수가 없다. 한 번이라도 은원을 맺었다가는 평생을 가도록 따라붙게 마련인 것이다.

하여 강호에서는 금분세수를 큰 복이라고 말한다.

운해추룡 막현우는 이 년 전부터 고희를 맞거든 금분세수를 하겠다고 말해왔다. 원한이 있는 자, 받아야 할 은혜가 있는 자가 있다면 그 이전에 찾아오라고 호호탕탕하게 선포했다.

지난 이 년간 아무도 그를 찾아오지 않았다.

평소 맺고 끊음을 명확히 해온 그의 성격 덕택이었다. 천성이 공명정대하여 원한 가진 자가 많지 않았기도 했고 말이다.

"하하하! 왔구먼!"

막현우가 크게 웃으며 외쳤다. 그의 얼굴은 흥분으로 달아올라 있었다. 어찌나 기분이 좋았던지 아예 운해무관이 아니라 장내에서 잔치를 벌인 참이었다.

"자네는 복도 많네, 한세상 풍미해 놓고 이처럼 잔치를 벌이며 물러나다니. 이럴 줄 알았으면 나라도 원한 있다 외치며 비무를 청해볼 걸 그랬어."

"부럽거든 소호검객(小毫劍客) 자네도 덕을 쌓게나. 아니면 정말로 비무를 청해보든가. 이 막현우! 나이는 먹었지만 무학만은 늙지 않았다네!"

검이라기보다는 침이라고 말해야 좋을 정도로 가는 세검

을 사용하는 탓에 소호검객이라는 별호를 얻은 노검객이 고개를 절레절레 저었다. 말투가 험악한데도 불구하고 밉지 않은 사람이 바로 막현우였다.

"그 성격은 여전하군. 이런, 저기 남궁세가의 장로 분들도 와 계시네."

"내 벗들일세. 축하한다고 와주었더군."

"그럼 조용히라도 치르지, 귀빈을 모셔다놓고 이게 무언가? 남직예의 무인이란 무인은 다 온 것 같구먼. 원이 물러나기 전에 있었던 무림대회를 다시 보는 것 같네."

"그래, 생각해 보니 그와 비슷하구먼. 그때가 더 처참했던 것 같지만 말일세."

막현우가 젊은 날 참가했었던 무림대회를 떠올리며 쓸쓸히 웃었다. 오랑캐를 몰아내고 한족의 세상을 되찾자고 외치던 무인도 있었고, 썩은 조정을 견딜 수 없다 외치던 무인도 있었다.

수많은 영웅호걸이 몰렸서늘 먹을 것이 없어 고작 화주 아홉 동이를 수백 명의 무인이 나누어 마셨었다.

"이런 소리를 하면 천벌 받겠지만, 어쩌면 그때가 더 나았을지도 몰라. 그때는 모두가 의기충천해 있었는데, 요즘에는 다들 이권만을 밝히고 있으니······."

소호검객이 말하자 막현우가 동의한다는 표정으로 고개를

끄덕였다. 남들이 들으면 늙은이의 헛소리라고 생각하겠지만, 요즘의 무림이 이전만 못한 것은 틀림없는 사실이었다.

"쯧. 됐네, 됐어. 그보다 저거나 좀 보게. 이제 시작할 때가 됐는데."

"으응?"

소호검객이 의아한 얼굴로 막현우가 가리킨 곳을 돌아보았다. 운해무관의 앞으로 수많은 천막들이 있었는데, 안에서는 사람들이 운해무관이 베푼 요리들로 배를 채우고 있었다.

그 옆으로 악공들이 연주하는 가락이 들려왔다.

하지만 막현우가 가리킨 것은 그게 아니었다. 그는 천막들로 둘러싸인 넓은 단상을 가리키고 있었던 것이다.

"저거 말인가? 무희들이 춤을 추는 곳인 모양이로군."

"그럴 리가 있나. 저것은 비무대일세."

막현우가 코를 찡긋했다.

"자고로 무인 된 자라면 다른 이와 겨루어 배움을 얻는 법일세. 나 운해추룡이 잘못 산 것이 아니라면 젊은 무인도 제법 찾아올 터. 혈기방장한 그들이 가만히 있겠는가? 무학의 고하를 논하고자 하는 치기 어린 청년도 있을 테고 스스로의 재주를 확인해 보고자 하는 청년도 있을 걸세."

"이 사람, 그래서 연회에 비무대를 만들었어?"

"나름 큰돈을 썼다네! 하하! 시작하는군!"

막현우가 그렇게 말할 때였다.

그가 마련한 비무대 위로 중년 사내가 풀쩍 뛰어오르더니 사방을 향해 읍해 보였다.

"우리 운해무관을 찾아주셔서 감사하오! 아버님께서 귀빈들을 대접하고 계신 관계로 운해무관의 관주인 막 모가 대신 인사를 올리외다! 연회를 마칠 즈음엔 아버님께서 직접 감사 인사를 올릴 것이오!"

요리를 먹던 사람들도, 주위에 가득 찬 무인들도 호기심 어린 표정으로 막현우의 아들, 막운지(莫運知)를 바라보았다.

악공도 음악을 멈추었고, 주변의 웅성거림도 사라졌다.

"여러분도 알고 계시다시피 이 막 모의 아버님께서 금분세수를 하게 되었소이다! 이 막 모가 아버님 대신 여쭙겠소! 혹시 아직도 은원을 해결하지 못한 자, 있거든 나서시오!"

나서는 사람은 한 명도 없었다.

막운지가 크게 웃으며 농담을 건넸다.

"고맙소이다! 사실 누가 나서기라도 했다면 아버님을 모시고 쏭지 빠져라 도망을 할 셈이었다오!"

막현우의 입담만큼이나 막운지의 입담도 거셌다.

감히 자신의 명예를 욕되게 하였으니 아들을 꾸중할 법도 한데, 막현우는 껄껄 웃음만 터뜨릴 뿐이었다.

웃음소리가 사라지자, 막운지가 다시 포권을 했다.

"아버님께 원한을 풀고자 하는 자가 없다고 하니 이 막 모가 제안을 하나 하오리다. 비록 아버님의 고희연 때문에 모였다고는 하나, 이처럼 많은 무인이 모이는 일은 좀처럼 드물 것이오. 기왕 일이 이렇게 되었으니 무학으로 한번 교유(交遊)해 봄은 어떠하오?"

장내의 양민들은 무슨 뜻인지 몰라 서로 수군댔지만, 무인들의 얼굴에는 희미하나마 미소가 어렸다.

"강남, 강북의 무인들이 이렇게 만났으니 서로의 무학을 비교하여 스스로를 새롭게 한다면 의미가 없다 할 수 없을 것이오! 이 막 모가 여러분께 청하외다!"

"좋소! 보잘것없는 무인일 뿐이나, 이 장(張) 모가 먼저 나서지요."

무인 한 명이 비무대로 올라오더니 사방을 향해 포권을 해 보였다. 이렇게 많은 시선을 받게 된 것은 처음인지 그의 얼굴이 붉게 달아올랐다.

"소, 소인은 장익갑(張翼岬)이라 하외다. 비록 무명소졸일 뿐이나 강호 동도들께 가르침 받을 수 있는 기회가 생겼으니 어찌 나서지 않을 수 있겠소이까! 부디 비웃지나 말아주셨으면 하는 바람이오."

강호 경험이 그리 많아 보이지는 않는 젊은 무사였다.

하지만 그의 눈빛은 초롱초롱하기 짝이 없었다. 그는 진실로 가르침을 청하고 있었던 것이다.

나이를 먹을수록 영준한 청년을 보면 기분이 좋아지는 법.

막현우와 소호검객이 흡족하게 웃으며 크게 발을 굴렀다.

곧이어 또 다른 삼류 무인이 뛰어올랐다.

"장 소협께서 그리 용기를 내어주셨으니… 부족한 재주지만 제가 한 번 가르침을 청해보겠습니다. 소인은 민소평(閔小萍)이라 합니다."

새로 올라온 무인의 얼굴도 홍당무처럼 달아올라 있었다.

하지만 그들을 비웃는 사람은 없었다. 그들보다 뛰어난 무인들은 뛰어난 대로, 모자란 무인은 모자란 대로 그들의 비무에 집중했다.

그중에는 소량과 연호진도 있었다. 이십오 일 전에 동성을 지난 소량과 연호진은 어느새 서성현에 당도해 있었던 것이다.

"대협, 대협."

연호진이 분홍빛으로 뺨을 붉힌 채 마주 잡은 소량의 손을 흔들었다. 소량이 미소를 지으며 말했다.

"참 훌륭한 사람들이로구나. 겸양의 미덕을 알고 있거니와 모자람을 부끄러워하지 않는다. 그런데, 너. 아까는 형이라고 잘도 부르더니, 지금은 그리 불러주지 않는구나?"

연호진이 수줍은 듯 몸을 배배 꼬았다. 잠시 머뭇거리던 연호진이 붉어진 얼굴로 속삭이듯 말했다.

"혀, 형아."

그 모습이 귀여워 소량은 웃음을 터뜨리고 말았다.

"하하하! 그래, 그리 불러주니 얼마나 좋으냐. 그보다 마부 어른께서 보이지 않는구나. 여기서 기다리라고 하시더니."

서성현과 합비의 거리가 멀지 않으니, 짐마차 따위의 왕래가 많았다. 합비에 가까워질수록 조바심을 참지 못했던 소량은 큰돈을 주고라도 마차를 탈 생각이었다.

그러나 큰돈을 쓸 필요는 없었다.

막현우의 고희연 덕택에 많은 수의 짐마차가 서성현에 와 있었던 것이다. 개중엔 비단을 싣고 온 짐마차도 있었는데, 마부는 돌아가는 길에 소량을 태워주겠다고 약속했다.

"대협, 아니, 형아. 형아도 나가보는 건 어때요?"

"난 됐다, 시간도 별로 없고."

마차가 오래지 않아 출발한다 했으니, 연회의 끝을 구경하지 못하고 서성현을 떠나게 될 터였다. 성품이 소박하여 공명심이 없었던 터라 소량은 별로 아쉬워하지도 않았다.

"여기 있었구먼! 이보게, 진가 청년!"

그때 누군가가 소량을 불렀다. 잠시 뒤, 천막 옆에 있던 수더분한 사내가 잰걸음으로 소량에게 달려왔다.

"아이쿠, 사람이 이리 많을 줄 알았다면 이리로 보내지 않는 건데. 자네를 찾느라 한참 고생했네."

그냥 떠나 버려도 될 것을 일부러 찾아와 준 마부였다. 소량이 고맙다며 연신 머리를 숙이자 마부가 고개를 저었다.

"우리 큰아들이 생각나서 해주는 것이니 그리 고마워할 것 없네. 마차야 한 명이 타나, 셋이 타나 거기서 거기고."

"너무 고맙습니다. 이거라도 받으십시오."

소량이 소매에서 구리돈 몇 문을 꺼내어 건네었다. 소량이 계속 돈을 찔러 넣자 고개를 연신 젓던 마부가 못 이기는 척 그것을 받아 들었다.

"가난이 죄지, 호기도 제대로 못 부리게 만드니 말이야. 고맙게 받아두겠네. 대신 나중에 술 한잔 사지."

소량이 겸양의 의미로 손을 휘저을 때였다. 비무대가 잘 보이지 않는지, 연호진이 제자리에서 껑충껑충 뛰었다. 갈 듯하던 연호진이 아예 소량의 손을 놓고 앞쪽으로 걸어갔다.

기척을 언제든지 읽을 수 있거니와 무슨 큰일이 날 것 같지도 않아서 소량은 연호진이 가도록 내버려 두었다.

"잠시만 비켜주세요."

연호진은 비무대를 구경하는 사람들 틈을 꼬물꼬물 파고들어 앞줄까지 가는 데 성공했다. 검광과 도광이 번쩍이는 모습을 바라보며 연호진이 크게 감탄했다.

"와아."

연호진이 멍하니 구경하는 사이, 첫 번째 비무가 끝났다.

장익갑의 승리였다.

"민 모가 큰 가르침을 얻었습니다."

"무슨 말씀을. 한 수 양보해 주시니 고마울 따름이오, 민소협."

아쉬운 기색이 역력했지만, 민소평은 정중하게 읍하였다. 장익갑이 겸손하게 머리를 숙이자 주위에서 탄성이 터졌다.

그 뒤로도 비무는 계속해서 이어졌다.

장익갑은 체력을 모두 소진했는지 두 번째 비무에서 패배했고, 나이나 무위가 비슷한 또래의 무인들이 앞다투어 비무대에 올랐다.

이변이 생겨난 것은 다섯 번째 비무에서였다.

"내 염치없다는 소리를 들어도 할 수 없겠소! 젊은 영웅들이 이렇게 호기로우니 내 피마저 뜨거워지는구려. 더 많은 영웅들에게 기회를 주어야 할 테지만… 소인은 신(辛) 모라고 하외다."

어느 중년인이 비무대에 뛰어올랐다. 중년인은 동서남북을 향해 네 번 포권하고는 민망한지 헛기침을 내뱉었다.

"헉! 청풍검(淸風劍) 신경영(辛經英)!"

청풍검 신경영은 하남 일대의 고수로, 화산파(華山派)의 속가제자였다. 이런 비무에 끼어들 배분이 아닌 것이다.

하지만 그가 뛰어든 데에는 다른 이유가 있었다.

그는 조금 전의 비무에서 승리한 청년의 무학에 크게 감동을 받았다. 그는 청년이 선배의 도움을 받는다면 크게 성장할 것이라고 생각했다.

청풍검의 명성이 드높은 고로 주위의 무인들은 그를 비웃지 않았다. 물론 농담을 날리는 사람은 있었지만 말이다.

"에이, 이 사람아. 청풍검이라면 우리 아들 또래인데, 너무 치사하구먼! 그 청년이 마음에 들기라도 했는가?"

농을 던진 것은 다름 아닌 운해추룡 막현우였다. 막현우의 성품을 잘 아는지라, 청풍검도 농담으로 응수했다.

"자질이 뛰어난 청년이 아닙니까! 제가 보기에는 몇 가지만 고친다면 석년의 막 대협보다도 나을 것 같습니다."

"무어라? 하하하!"

막현우는 화를 내는 대신 크게 웃음을 터뜨렸다. 막현우 덕택에 청풍검의 의도를 알게 된 청년의 표정이 확 밝아졌다.

"그럼, 비무를 시작하세. 내 선배 된 도리로 삼 초를 양보하지."

청풍검은 흡족한 얼굴로 말하자, 청년이 크게 읍하고는 검을 뽑아 들었다.

"와아."

연호진이 또다시 감탄을 터뜨렸다. 청년의 검초를 피하는 청풍검의 움직임이 보이지도 않는 것이다.

청년의 삼 초식이 지나자, 청풍검이 직접 검을 들어 출수했다. 공격이라기보다는 청년의 검초를 다듬어주는 셈이었다.

바로 그때, 남궁세가의 장로들이 자리에서 벌떡 일어났다.

"으음……!"

곧이어 막현우와 소호검객을 비롯한 노강호들의 입에서 탄식이 터져 나왔다. 잠시 뒤에는 그 아들인 막운지마저 놀란 듯 헛숨을 들이켰다.

청풍검 신경영의 검이 허공에 떠 있었다.

"이, 이기어검(以氣馭劍)?"

청풍검이 새카맣게 죽은 얼굴로 외쳤다.

사실 그것은 이기어검이 아니었다.

무릇 이기어검이란 자신의 기운이 아니라 천지간의 기운으로 검을 놀리는 것을 말한다. 청풍검 신경영의 검에 일어난 기사는 엄밀히 말하면 허공섭물이라 할 수 있었다.

"청풍검이라 했나? 잠시 물러나게."

청풍검이 번개처럼 고개를 돌렸다. 천막들 뒤에서 목소리가 들려왔던 것이다. 아무런 감정도 느껴지지 않는 둔탁한 목소리였는데, 듣자마자 전신에 소름이 돋았다.

잠시 뒤, 목소리가 다른 말을 주워섬겼다.

"서 있는 자, 무릎을 꿇어라."

드드드드—

갑자기 지진이라도 난 듯 땅이 진동하기 시작했다. 감당할 수 없을 정도로 거대한 내공이 장내를 뒤흔들어 버린 것이다.

도대체 얼마나 내공이 깊기에 이 넓은 곳을 내공으로 짓누를 수 있단 말인가!

"허억!"

양민들과 무학이 약한 무인들이 바닥에 주저앉았다. 청풍검과 막운지마저도 버티지 못하고 무릎을 꿇었다.

짓누르는 내기를 겨우 버텨낸 막현우가 신음처럼 외쳤다.

"어, 어떤 고인(高人)께서 찾아주신 게요?"

막현우의 시선이 천막 사이로 향했다. 장내의 사람들이 모두 무릎을 꿇은 덕택에 그는 오롯이 서 있는 흑색 장포의 무인을 똑똑히 볼 수 있었다.

"어떤 고인인지 여쭙지 않소이까?"

흰 수염을 허리춤까지 늘어뜨린 노인이 뒷짐을 지고 서 있었다. 소나무가 그려진 낡은 장포 옆으로 용과 호랑이가 그려진 도가 매여 있었다.

노인은 물끄러미 사람들을 둘러보았다.

"흐음……."

노인은 무학을 모르는 사람들은 심하게 짓누르지 않았다. 그들은 갑자기 왜 주저앉게 되었는지 몰라 두려워하고 있을 뿐, 어떤 내상도 입지 않았다.

하지만 막현우나 소호검객, 남궁세가의 장로와 같은 고수들은 제법 강한 힘으로 억눌렀다. 다리가 부르르 떨리긴 했지만, 용케 서 있는 막현우의 모습에 노인이 미소를 지었다.

"제법 재주가 뛰어나구나. 내 그 재주를 보아 무례를 탓하지 않으리라."

"이 막 모에게 원한이 있다면, 백성들은 놓아주시오. 이 막 모의 목만 취해도 충분……."

"그만하게!"

옆에 있던 소호검객이 막현우의 팔을 잡아당겼다. 막현우가 왜 그러냐는 듯 소호검객을 돌아보았다.

"낡은 장포와 용호도(龍虎刀)를 보고도 모르겠는가!"

막현우는 믿을 수 없다는 얼굴로 눈을 부릅떴다.

"단 선배! 선배께서 어찌 이곳을 찾으셨단 말입니까?"

"내 비급을 가져간 자의 목숨을 거두러 왔네."

노인이 천천히 시선을 돌렸다.

그와 시선이 마주친 사람들이 숨을 들이켰다. 노인의 동공은 새하얀 백색이었던 것이다.

"그러면 무한삼진으로 가셔야 하지 않소이까!"

"내 비급엔 천리추종향(千里追從香)이 묻어 있다. 비급은 무한삼진이 아니라 이곳에 있다."

막현우는 더 이상 대꾸하지 못했다.

"저기 있군."

노인이 조그맣게 중얼거리며 비부대 옆을 바라보았다. 그의 시선이 닿은 곳의 사람들이 주저앉은 채로 뒤로 기어갔다.

하지만 단 한 명의 아이만은 움직이지 못했다.

다름 아닌 연호진이었다.

"흥!"

노인이 손을 가볍게 들어 올리자, 연호진의 옷에서 옥패 하나가 스물스물 기어 올라왔다. 태행마도가 잠시 맡겼다던 옥패가 노인의 손으로 빨려 들어갔다.

바로 그것이 노인의 진정한 비급이었던 것이다.

옥패를 움켜쥔 노인이 손을 들어 올렸다.

"단 선배, 잠시만! 아이가 아닙니까!"

막현우가 놀라 눈을 부릅떴다. 감히 욕심을 품고 그의 비급을 훔친 무인이 있다면 능히 목숨을 내놓을 만하다.

하지만 상대는 아무것도 모르는, 겁에 질려 눈물이 그렁그렁 맺힌 어린아이가 아닌가!

"무슨 특이한 무공을 익혀 아이의 형상을 한 무인이라면 모르겠으나 진짜 아이라면······."

막현우가 주먹을 거세게 쥐며 외쳤다.

노인이 새하얀 눈동자로 막현우를 돌아보았다.

"아이라면?"

"일규(一規)를 행해서는 아니 됩니다!"

노인이 무심한 얼굴로 고개를 살짝 저었다.

"나는 살면서 한 번도 약속을 어겨본 적이 없다."

"하오나!"

막현우가 비명처럼 외쳤지만, 노인이 다시금 시선을 돌려 연호진을 돌아볼 뿐이었다.

연호진은 무어라 말도 하지 못한 채 눈물을 흘렸다.

"그만하시오! 그만! 그만하지 않겠다면 내가 막겠소이다!"

막현우가 두어 걸음 앞으로 나서며 장창 한 자루를 쥐어 들었다. 그를 창절이라는 자리에까지 올려준 애병이었다.

"네가? 감히 나를?"

노인이 앙천광소(仰天狂笑)를 터뜨렸다.

"하하하! 고작 너 따위가 감히 도(刀)의 하늘에 이르렀다는 나, 단천화를 막겠다는 말이냐!"

"커헉!"

막현우가 무릎을 털썩 꿇으며 피를 토해냈다. 막현우뿐만이 아니라 소호검객, 남궁세가의 장로들도 마찬가지였다.

막현우가 어떻게든 자리에서 일어나려 버르적거렸지만 꼼짝도 할 수 없었다.

도천손 단천화가 무심한 얼굴로 아이를 돌아보았다.

"흐, 흐흑."

연호진의 입가에서 조금씩 울음이 새어 나왔다.

도천존의 눈가가 꿈틀거렸다. 일규 때문이라고는 하지만, 아이에게 손을 쓰는 것이 편할 리가 없다.

그러나 망설임은 잠시였다.

도천존이 가볍게 손을 돌리자, 연호진의 칠공(七孔)에서 조금씩 피가 새어 나왔다. 끔찍한 통증을 느낀 연호진이 비명도 지르지 못한 채 몸을 바르르 떨어댔다.

"…버티지 마라. 차라리 편히 가거라."

도천존이 쓸쓸한 어조로 중얼거리며 다시 손을 들어 올릴 때였다. 어디선가 검명이 울려 퍼졌다.

우우웅―

도천존의 눈썹이 한차례 꿈틀거렸다.

"으음?"

기파를 보내어 아이의 기맥을 막았는데, 낯선 철검 한 자루가 기파를 차단해 버렸다. 아이에게로 전해지는 기파를 막아낸 검이 버티지 못하고 부르르 떨려왔다.

막현우를 비롯한 노강호들까지 쓰러졌거늘, 도대체 누가 서 있단 말인가!

장내의 무인들의 시선이 연호진의 앞으로 향했다.

연호진의 앞에 약관이 갓 넘었을 법한 청년이 서서 거칠게 숨을 몰아쉬고 있었다.

"아이를… 건드리지 마십시오."

그는 다름 아닌 소량이었다.

2

소량은 연호진이 마음대로 구경할 수 있도록 내버려 두었다. 언제든지 연호진의 기척을 읽을 수 있었기 때문이었다.

상황이 반전된 것은 노인이 나타난 후였다. 노인이 처음 내공을 일으켰을 때에는 소량도 서 있지 못했었다.

'이, 이게 무슨……!'

할머니만큼, 아니, 할머니보다 더욱 거센 기세였다. 할머니는 한 번도 타인을 제압하려 든 적이 없었지만 상대는 작정하고 수많은 사람들을 짓누르고 있었던 것이다.

짓누르는 내공이 마음에 안 든다는 듯, 아랫배에서 무언가가 꼬물거리고 일어나더니 그에 대항해 갔다.

소량에게는 끔찍한 일이었다.

도천존이 일으킨 내공과 태허일기공의 기운이 격렬하게 다투니 몸이 버텨낼 수가 없는 것이다.

"쿨럭, 쿨럭!"

겨우 내상을 피해내긴 했지만 거세게 기침이 일어났다. 기맥이 자극되어 간지러움과 통증이 동시에 찾아온 탓이었다.

소량은 필사적으로 태허일기공의 법문을 읊소렸다.

"동과 정에는 변하지 않는 것이 있어 강한 것과 부드러운 것이 비로소 구별된다. 강한 것과 부드러운 것이 서로를 밀어

내니 비로소 변화가 생긴다."

지금이 바로 변화를 이루어야 할 때였다.

소량은 도천존 단천화가 일으킨 강을 유로써 맞섰다.

"후우—"

소량의 신형이 폭풍을 이겨내는 갈대처럼 좌우로 슬며시 흔들거렸다. 비록 온전히 다 흘려낼 수 없어 다리가 부들부들 떨리고 있었지만, 소량은 겨우 자리에서 일어날 수 있었다.

연호진이 칠공에서 피를 흘려낼 즈음이었다.

소량은 앞뒤 가리지 못하고 철검부터 뽑아 들었다. 철검으로 연호진의 앞을 막자 중압감이 이전보다 배는 더 심해졌다.

소량의 팔이 저절로 떨려왔다.

"제법 괜찮은 놈이로구나."

도천존의 새하얀 눈동자가 소량에게로 향했다.

소량은 그의 눈을 바라보며 애절하게 부탁했다.

"비급인 줄… 몰랐습니다. 그저 옥패인 줄로만……."

점점 더 견뎌내기가 어려워졌다. 조금이나마 흘려내고 있다곤 하지만, 소량의 경지로 도천존의 기운에 항거한다는 것 자체가 불가능한 일이었다. 소량의 철검에 금이 가기 시작했다.

"그렇다 한들 상황은 바뀌지 않는다. 네 재주를 보아 한 번은 넘어가마. 비켜라."

"비킬 수… 없습니다."

"그렇다면 너 역시 죽어야겠지."

도천존이 가볍게 손을 떨쳐 내었다.

소량의 눈이 찢어질 듯 부릅떠졌다. 장내의 공간을 오로지 도천존이 장악하고 있었다. 그 공간 안에서 그는 무신(武神)이나 다름없었다. 사람이 아니라 태산을 보는 기분이었다.

"커헉!"

소량이 더 이상 버티지 못하고 무릎을 꿇었다. 황급히 검을 역수로 짚어 버텨보았지만, 다시 일어날 수는 없었다.

"쿨럭, 쿨럭!"

소량이 연신 기침을 토해냈다.

하지만 도천존은 소량을 쓰러뜨린 것만으로 만족하는 모양이었다. 그는 더 이상 소량을 공격하지 않고 연호진에게로 손을 틀었다. 소량이 이를 뿌드득 갈았다.

"삼 초식—!"

소량이 가진바 내공을 모두 끌어올려 고함을 질렀다.

연호신을 숙이기 위해 손을 뻗어가던 도천존이 미간을 찌푸리며 다시 소량을 돌아보았다.

"……."

도천존이 손을 내리자 소량의 몸을 짓누르던 기운이 씻은 듯이 사라졌다. 소량은 힘겹게 땅을 짚고는 도천존을 노려보았다. 살길이 있다면 어떻게 되든 간에 도전해 봐야 했다.

"삼 초식을 받아낸다면 어떤 소원이든 들어준다는 말을 들었습니다."

"그러하다."

"그렇다면 출수하십시오."

소량이 천천히 자리에서 일어나며 말했다. 물끄러미 소량을 바라보던 도천존의 입가가 씰룩거렸다.

"하하하! 오만하구나, 오만해! 지난 십 년간 나, 단천화의 삼 초식을 받겠다는 자는 하나도 없었거늘!"

강호에는 유명한 일화였다.

십육 년 전에는 삼 초식을 받지 못해도 죽이지 않았는데, 아내가 죽은 이후로 그는 도전해 오는 모든 무인을 죽였다.

때문에 십 년 전부터, 도천존의 삼초식을 받겠다는 자는 아무도 없었다. 차라리 곱게 죽여달라고 빌 뿐이었다.

"좋다, 좋아! 하지만 일규가 괜히 일규겠느냐? 비급을 본 자, 죽음을 맞으리라는 것은 변하지 않는다. 너는 다른 소원을 준비해야 할 것이다."

"소원은 하나뿐입니다. 저 아이를 제자로 삼으십시오."

소량이 알고 한 것은 아니었지만, 기가 막힌 묘수였다.

 도천존의 문하에 들면 비급을 가진 죄가 사라진다. 그에게는 주화입마에 들어 이미 죽어버린 제자가 있었는데, 천하의 누구도 건드리지 못한 비급이 그에게만은 허용됐었다.

 도천존이 웃음을 거두었다.

 "같잖은 꾀를 부리는구나."

 도천존이 가볍게 손을 떨쳤다.

 장내에 가득하던 무인과 백성들이 저절로 허공을 날아 십여 장 너머로 밀려났다. 기분이 몹시 상하였는지 그의 손속에는 더 이상 사람들에 대한 배려가 없었다.

 쿠웅—!

 그다음으로는 진각을 밟는다. 비무대도, 요리들이 즐비하게 늘어서 있던 식탁도, 의자도 모조리 부서져 날아가 버렸다.

 "좋다. 네가 나의 삼 초식을 받아낸다면 나는 일규를 지키지 못하게 되겠지. 하나, 감당할 수 있겠느냐?"

 대답 대신 소량이 철검을 들어 올렸다. 금이 가 있는 철검이었지만 소량은 검을 바꿀 생각을 하지 않았다.

 "건방진 놈이로다."

 단호한 소량의 몸짓에 도천존이 눈을 부릅떴다. 여태 표정의 변화가 없던 그의 얼굴에 살기 어린 미소가 떠올랐다.

장내가 바늘 떨어지는 소리가 들릴 정도로 고요해졌다.

이제 갓 약관이 넘은 듯한 청년이 천하의 도천존에게 도전하다니! 결과야 불을 보는 듯이 뻔했지만 사람들은 시선을 뗄 수 없었다.

"첫 번째 초식은……."

도천존이 용호도를 어루만지며 말했다.

콰콰콰콰—

폭포수가 떨어지는 소리가 들려왔다.

도천존이 움켜쥔 도갑에서 강력한 흡인력이 발생했다. 소량은 흡인력을 이기지 못하고 두어 걸음 앞으로 향했다.

섬뜩한 살기 탓에 소량의 전신에 소름이 돋았다.

'변화… 아니, 아니다! 호흡! 호흡만큼은 놓쳐서는 안 돼!'

소량이 눈을 질끈 감았다. 눈을 감았는데도 세상의 모습이 명확하게 보이는 듯했다. 한 점으로 응축되어 새하얗게 빛나는 무언가가 소량의 앞에 있었다.

천지간의 소리에 호흡을 맞추던 소량이 호흡을 뚝 멈추었다.

이제는 폭포수가 떨어지는 소리도, 흡인력도 없었다.

오직 도천존의 조그마한 목소리가 들려올 뿐이었다.

"태룡과해(太龍過海)라 한다."

거대한 용이 바다를 건너간다 했던가!

소량에게로 한 자루 도가 쏘아졌다. 아니, 도가 아니었다. 도에 맺힌 기운이 소량의 미간을 노리고 끝없이 뻗어 나오고 있었다. 그 안에 담긴 거력 때문인지 전신에 소름이 돋았다.

'천지간에 움직이지 않는 것은 없다고 했다.'

반면 소량의 검은 너무나 느렸다. 소량은 여전히 눈을 질끈 감은 채 천천히 검을 들어 올렸다.

'바로 지금!'

콰아아앙!

도천존의 도와 소량의 검이 마주치자 굉음이 울려 퍼졌다. 소량은 몇 가닥의 기운을 잘라내고는, 나머지 기운을 흘리기 위해 애를 썼다. 하지만 소량의 재주로는 불가능한 일이었다.

도천존의 기운에 휘말린 천지가 비명을 질러내는 사이, 소량의 신형이 가랑잎처럼 뒤로 밀려났다.

쿠웅!

흙먼지와 함께 소량이 튕겨난 곳에 구덩이가 파였다.

구덩이의 끝으로 정말 용이 지나간 것처럼 구불구불 깊은 신이 파여 있었다. 깊이가 일 장은 족히 될 듯했고, 길이는 벌써 오 장을 넘는다.

도천존(刀天尊) 단천화(段琲和) 217

"과, 과연 도천존이로구나."

섬뜩한 도강에 막현우가 신음을 토해냈다. 아무것도 모르고 감히 도천존에게 도전했던 젊은 청년은 벌써 유명을 달리했으리라.

눈을 질끈 감았던 막현우가 불현듯 창을 움켜쥐었다. 젊은 청년조차도 나서서 아이를 구하기 위해 싸우는데, 늙은 자신이 가만히 있을 수는 없었다. 틀림없이 목숨을 잃겠지만, 막현우 역시 도천존의 삼 초식을 받아볼 참이었다.

그때, 도천존이 소량이 있는 곳을 바라보며 질문을 던졌다.

"네 이름이 무엇이냐?"

장내가 순식간에 싸늘해졌다. 장내에 있는 모두가 소량이 죽었을 것이라고 생각했는데, 도천존은 마치 그가 살아 있는 것처럼 질문하고 있는 것이다.

모두의 시선이 한 방향으로 향했다.

"저는 무창 사람으로… 쿨럭! 이름은 소량이라 하고… 성은 진가입니다."

흙먼지가 사라지고 보니, 소량이 비틀거리며 서 있는 것이 보였다.

장내의 무인들에게서 감탄사가 터져 나왔다. 다른 이에 비하면 새파랗게 어린 청년이, 도천존의 첫 번째 초식을 받아내고 만 것이다.

"쿨럭, 쿨럭!"

내상을 극심하게 입었는지, 소량이 가슴을 쥐어뜯으며 연신 기침을 토해냈다. 첫 번째 초식을 막아내었다기보다는 치명상만을 피해 겨우 견뎌내었던 것이다.

그나마도 약식으로 펼쳤기에 망정이지, 만약 도천존이 정식으로 초식을 펼쳤더라면 소량은 벌써 목숨을 잃었으리라.

"선사의 고명은 어찌 되시느냐?"

다른 모든 것을 주었던 할머니였지만, 자신의 이름만큼은 알려주지 않았다. '늙어서 이름도 까먹어 버렸나 보다' 하고 멋쩍게 웃던 할머니가 떠올랐다.

"성함을, 쿨럭! 알지 못합니다."

소량이 입가에 묻어난 피를 닦아내자 도천존이 나직하게 신음을 내뱉었다. 소량이 제자리로 돌아오기를 기다리던 도천존이 나직하게 말했다.

"기재로다. 오십 년을 고련하면 나의 경지에 닿으리라. 너는 나의 일초를 받아내었다."

장내의 무인들이 헛숨을 들이켰다. 십 년 만에 도천존의 일초식을 받아낸 자가 태어난 것이다. 게다가 오십 년이면 도천존의 경지에 닿을 것이라는 극찬까지도 들었다.

하지만 소량은 주위의 반응은 조금도 듣지 못하였다.

'일 초식을 견뎌낸 것은 기적이었다.'

소량은 팔다리가 후들후들 떨리는 것을 애써 참아내었다. 그는 천천히, 아주 천천히 검을 들어 올렸다. 도천존이 얼굴을 딱딱하게 굳힌 채 늘어뜨렸던 도를 들어 올렸다.

"두 번째 초식은 태룡치우(太龍治雨)라 한다."

살랑—

어디선가 봄바람이 불어왔다. 도천존이 도를 가볍게 휘둘러 버린 까닭이었다. 장내의 무인이 허탈하기까지 한 일초를 보고 한탄을 토해내었다.

"허! 도천존께서도 저 청년의 정성에 감동을……."

"도환(刀丸)!"

누군가의 중얼거림을 뚫고 막현우의 고함이 들려왔다.

흔히 검기가 성하여 강기를 이루고, 강기가 응축되어 기환을 이룬다고 한다. 넓게 퍼져 있는 기운을 한 점에 응축했으니 얼마나 강하겠는가! 도의 지극한 경지가 바로 도환이었다.

도천존이 일으킨 커다란 도환이 소량에게로 날아갔다.

소량은 경악한 눈으로 도환을 바라보았다.

'음양이 갈마드는 것을 도라 하는데[一陰一陽之謂道], 인(仁)으로 드러나고 용(用) 속에 숨어 있다[顯諸仁, 藏諸用]!'

인으로 드러난다는 말은 잘 모르겠지만, 용 속에 숨어 있다는 것은 알 수 있을 것 같았다. 당장 도천존의 도가 그러하지 않은가! 간단해 보이는 도법 속에 수많은 이치가 숨어 있었다.

태허일기공과도 관통하는 도법에 소량의 머릿속에 무언가가 폭발했다. 몸속의 기운이 때는 이때다 싶었는지 맹렬하게 회전하기 시작했다. 점점 더 빨라지던 회전이 이내 빛살과 같은 속도로 변했다.

소량은 눈을 부릅뜬 채로 다가오는 도환을 베어나갔다.

스윽―

흑적색 둥근 구슬을 반이나 베었을 무렵이었다.

차라리 베지 말 것을 공연히 베었나 보다. 조금만 더 보면, 도천존의 도법에 숨은 이치를 조금만 더 보면 무언가를 알 것도 같은데, 도환은 너무나 빨리 사라지고 말았다.

아니, 사라진 것이 아니었다.

"크윽!"

소량이 베어버린 탓에 도환이 수십 개로 흩어지기 시작했다.

거대한 용이 비를 다스린다는 말처럼, 도환 자체가 비가 되어 소량의 전신으로 쏟아졌다.

수십 개의 도환을 베어보았지만 더 많은 도환으로 분열할 뿐이었다.

'내, 내가 무언가를 깨달아도……'

핏, 핏―!

소량의 사지육신에 실선이 그어졌다. 어떤 곳에는 구멍이 뚫리기도 했다. 소량은 어떻게든 해보려 했지만, 결국은 아무것도 할 수 없었다.

'무언가를 깨달아도 절대 이길 수 없다.'

곽서문? 태행마도?

소량이 싸워왔던 모두를 합쳐도 이 한 사람을 넘어서지 못하리라. 아니, 그들이 백 명이 넘게 있어도 당해낼 수 없으리라.

말 그대로 압도적이었다.

"커허억!"

마침내 움직임마저 봉쇄되었다. 도천존은 도환을 펼침과 동시에 기로써 그를 묶어두었던 것이다. 팔이나 허벅지를 겨우 움직여 요혈을 피해내는 게 다였다.

"커헉, 크으윽!"

하지만 그것도 도천존에게는 놀라움이었나 보다.

'허! 요혈을 피해?'

물론 자유롭게 움직인 것은 아니었다. 그저 잠깐 몸을 비틀어 피한 것에 불과했다. 하지만 고작 약관이 넘은 듯한 청년이 그렇게 할 수 있었다는 것 자체가 놀라운 일이었다.

"오십 년? 하! 내 말년에 이르러 식언을 하게 될 줄은 몰랐구나. 삼십 년. 삼십 년을 고련한다면 나의 경지에 달하리라."

"커, 커헉. 허억."

소량이 거칠게 숨을 토해냈다.

겨우 동맥이나 피했을 뿐 팔다리에는 수많은 구멍이 뚫려 있었다. 상처의 크기가 작다는 것이 다행이라면 다행일 따름이었다.

하지만 피하지 못한 요혈도 있었다.

챙그랑—

소량이 검을 떨어뜨리고 말았다. 무릎이 저절로 꺾여 소량은 서 있지도 못했다. 부들부들 떨리는 손으로 어떻게든 지혈을 해보려는 것이 도리어 안쓰러웠다.

소량은 완벽하게 패배했다.

"어찌어찌 두 번째 초식도 견뎌내었구나."

도천존이 무거운 목소리로 선언했다.

장내의 무인들은 이번에는 탄성조차 지르지 못했다. 두 번째 초식을 견뎌낸 청년이 너무 처참한 몰골을 하고 있었기 때문이었다. 무인들은 저마다 이를 악문 채 소량을 바라보았다.

막현우도 까맣게 죽은 얼굴로 신음을 토해냈다.

'죽지 말게, 죽지 마.'

막현우가 눈을 질끈 감은 채 생각했다.

곧 그의 귓가에 도천존 단천화의 목소리가 들려왔다.

"저 아이는 네 동생이냐?"

무릎을 꿇은 채 비틀거리던 소량이 고개를 저었다. 목을 가눌 힘도 없는지, 소량이 피투성이가 된 얼굴을 숙였다.

소량은 그렇게 죽어가고 있었다.

"묻지 않느냐, 저 아이는 네 동생이냐?"

"쿨럭, 쿨럭!"

소량의 어깨가 한차례 들썩들썩했다. 소량의 발치 앞이 검은 피로 젖어갔다. 울혈을 토해내며 몇 번 호흡을 고르던 소량이 조그맣게 속삭였다.

"다섯 달쯤 전에… 만났었……."

"고작 다섯 달? 한데 어찌하여 목숨을 거는 게냐?"

도천존이 믿을 수 없다는 듯 미간을 찌푸렸다.

소량이 고개를 숙인 채로 웃었다. 아니, 웃으려 했다. 안타깝게도 웃음 대신 기침이 나왔다.

"쿨럭, 아무도… 도와주는 사람이 없으면… 안 되는 거잖아……."

제발 도와달라고 애처롭게 묻고 다녔던 작은 아이에게 아무 도움도 주지 못한 세상이었지만, 자신만은 그러면 안 되었다. 연희명이라는 아이처럼 연호진을 보낼 수는 없었다.

"누구라도… 쿨럭, 쿨럭! 도와줘야 하는 거잖아……."

소량의 목소리가 사방에 울려 퍼졌다.

도천존 단천화를 비롯한 어떤 무인도 입을 열지 못했다.

 정말 고작 다섯 달 전에 만난 아이를 위해 목숨을 버린단 말인가? 아무 상관도 없는 아이를 위해?

 아무도 돕지 않으면 안 된다는, 고작 그런 이유로…….

 도천존이 눈을 질끈 감았다. 잠시 주먹을 거세게 움켜쥐고 바들바들 떨던 도천존이 억눌린 목소리로 속삭였다.

 "이 초식까지 받았으니 이제 포기해라. 네가 포기한다면 삼 초식은 펼치지 않겠다. 너는 할 만큼 했다. 저 아이도 이만하면 네게 고마워하며 저승으로 갈 게다."

 소량이 피곤한 듯 눈을 질끈 감았다. 태허일기공의 기운이 바쁘게 움직이며 내상을 치유하려 했지만, 소량은 이미 너무 지쳐 있었다.

 소량의 호흡이 점점 더 가늘어져 갔다.

 '영화야, 승조야. 태승아, 유선아. 미안하다. 어쩌면 형은 할머니를 모시러 가지 못할지도 몰라.'

 그렇게 생각하니 도천존의 말이 지독하게 달콤하게 들려왔다. 여기서 포기하면 살 수 있을지도 모른다. 살아남아 할머니를 찾아서 무창으로 돌아갈 수 있을지도 모른다.

 소량은 지친 듯 고개를 돌려 연호진을 돌아보았다.

 칠공으로 피를 흘리며 쓰러진 연호진 곁에는 아무도 없었다. 이제 열 살가량 된 아이가 죽어가는 데도 사람들은 도천존이 두려워 아무도 가까이 오지 않았다.
 외딴 곳에 버려진 시신처럼 누워 소량을 바라보던 연호진이 입술을 달싹였다. 소량은 본능적으로 연호진이 말하는 대로 입술을 따라 움직였다.

 도망가, 도망가.

 소량이 자신을 바라보자 끊임없이 도망가라고 중얼거리던 연호진이 울음을 터뜨렸다.
 연호진의 눈가에서 배어 나온 피에 눈물이 섞였다.

 형아, 미안.

 연호진은 울음과 함께 그렇게 중얼거리고 있었다.
 소리조차 낼 수 없어 더욱 서러운 울음 속에서 연호진은 계속해서 같은 말을 중얼거렸다.

 형아, 미안.

 소량의 눈에 눈물이 핑 돌았다. 그와 동시에 사라졌던 빛이 돌아왔다. 소량이 도천존에게로 고개를 돌렸다.

"세 번째 초식을… 받겠습니다."

태허일기공은 마음을 따르는 심공, 소량의 마음이 움직이자 태허일기공은 더더욱 빠르게 움직이기 시작했다. 조금 전까지는 움직이지도 못했던 소량이 천천히 바닥을 기어 떨어뜨린 검으로 향했다. 검을 주워 드는데, 손이 떨려 잡을 수가 없다.

소량은 검을 집었다가 떨어뜨리기를 몇 번이나 반복했다.

"지금 치료를 받지 않으면 넌 죽는다. 세 번째 초식을 받아도 죽는다. 포기하라."

막현우는 더 이상 소량을 응원하지 못했다. 차라리 포기하라고, 어차피 죽어야 한다면 너만이라도 목숨을 살리라고 외치고 싶었다.

막현우 대신 도천존이 외쳤다.

"포기하라 하지 않았더냐! 세 번째 초식을 받으면 너는 죽는다!"

하지만 소량은 같은 행동을 반복할 뿐이었다. 잠시 뒤, 마침내 검을 움켜쥔 소량이 천천히 자리에서 일어났다. 당장에라도 넘어질 것처럼 비틀대긴 했지만, 검을 겨누기까지 했다.

"놈!"

도천존이 노호성을 터뜨리며 도를 들어 올렸다.

일순간 진원지기까지 소모하여 도천존의 기운에서 벗어난

막현우가 벼락처럼 고함을 지르며 자리에서 일어났다.

"그만하시오, 도천존!"

"닥쳐라!"

도천존이 고개를 휙 돌리며 왼손을 휘두르자 막현우가 피를 토해내며 뒤로 튕겨났다. 운해무관의 벽면에 부딪친 막현우가 이내 바닥에 떨어졌다.

도천존이 다시금 소량을 노려보며 외쳤다.

"세 번째 초식은 태룡승천(太龍昇天)! 정녕 죽기를 자청한다면 그리하라!"

쿠쿠쿵―!

바야흐로 세 번째 초식이 시작되었다.

도천존의 신형이 사라지는가 싶더니 아무것도 없는 허공에서 도광이 번쩍였다. 도광은 점점 소량에게로 다가가다가 이내 사라져 버렸다.

이제는 도광도, 사람도 보이지 않는다.

소량은 텅 빈 눈으로 허공을 바라보며 생각했다.

'만약 호흡이 마음에서 나온 것을 안다면 깨달음도 마음에서 나온다는 것을 알게 되리라. 호흡이 마음으로 들어온다는 것을 안다면 깨달음도 마음으로 들어온다는 것을 알게 되리라. 그러므로 세상과 함께 호흡을 나눌 수 있다면 천하의 이치를 모두 얻으리라. 다만……'

다만 지극한 마음으로 해야 할 것이다.

소량은 눈을 지그시 감았다.

도천존의 도는 이제 도강도, 도환도 보여주지 않았다. 그저 자연 속에 녹아들어 있을 뿐이었다.

소량에게 정겨운 소리만을 들려주던 천지간의 소리가 뚝 끊기고 살기 어린 칼바람 소리만이 들려왔다.

소량으로서는 상상조차 할 수 없는 경지였다.

하지만 소량은 여전히 같은 소리만을 주워섬길 뿐이었다.

"지극한 마음으로 하라, 다만 지극한 마음으로 하라."

소량이 천천히 눈을 떴다. 너무 피곤해서일까? 하얀 안개 같은 것이 보이는 것 같았다. 천지 만물이 모두 자연스러운데 그 부분만 이상하기 짝이 없었다.

소량은 천천히 검을 들어 안개를 베어나갔다.

안개는 조금도 갈라지지 않았다. 다시 한 번 베어보려 했지만 안개는 너무나 두껍고 또 넓게 펼쳐져 있어서, 조금의 손상도 줄 수 없었다.

소량은 지친 듯 눈을 지그시 감았다.

안개가 덮쳐 오는 순간 목숨을 잃게 되리라.

하지만 이상하게 마음이 편안했다. 소량은 마치 깊은 잠에 빠져드는 사람처럼 눈을 감은 채 안개에 몸을 내맡겼다.

"너는… 나 스스로 나의 일규를 깨어버리게 만드는구나."

그때, 어디선가 도천존의 목소리가 들려왔다.

쾅아앙—!

굉음과 함께 천지가 조각났다.

장내의 무인들이 보기엔 참으로 이상한 일이었다. 아무것도 없는 맨 허공에 갑자기 검은 실선이 보이더니, 거센 바람이 불어오는 것이다. 흙먼지가 폭풍처럼 일어난 까닭에 장내의 누구도 감히 눈을 뜨지 못하였다.

잠시 뒤, 눈을 떴을 때는 모두가 경악하지 않을 수 없었다.

"헉! 이, 이게 무슨!"

"도대체 어떻게 이럴 수 있단 말인가!"

소량이 있는 곳을 제외한 반경 십여 장 너머가 뒤집혀져 있었다. 마치 밭을 갈아엎은 것처럼 말이다.

상흔 위에 떠 있던 도천존이 천천히 바닥에 내려앉고 있었다. 사뿐히 바닥에 착지한 도천존이 눈을 지그시 감았다.

마지막 순간, 초식을 거두어 버린 도천존이었다. 소량이 두 번째 초식을 견뎌낸 순간부터 그는 세 번째 초식을 제대로 펼칠 생각이 없었다. 일부로 위력이 없는 허초를 펼쳐 초식의 운용만을 보여주었을 뿐이었다.

"마지막 초식에서 무엇을 보았느냐?"

도천존은 소량을 물끄러미 바라보며 물었다.

"안개……."

도천존의 눈에 이채가 떠올랐다. 파훼하지는 못했지만, 눈앞의 청년은 마지막 초식의 실체를 똑똑히 보고 만 것이다. 태룡승천은 승천한 용이 일으킨 안개처럼 사방을 뒤덮는다.

"저 아이의 이름이 무엇이냐?"

희미하게 미소 지은 얼굴로 소량을 바라보던 도천존이 용호도를 수습하며 질문했다. 소량이 졸린 듯 감기는 눈을 억지로 뜨며 겨우 대답했다.

"연… 호진……."

"이제 저 아이는 나의 제자다."

소량의 입가에 희미한 미소가 떠올랐다. 연호진을 돌아보고 싶은데 눈앞이 자꾸만 흐려져 앞을 볼 수가 없었다. 세상이 점점 더 희뿌옇게 변하더니 이내 아무것도 보이지 않았다.

쿵!

혼절한 소량이 바닥에 쓰러졌다.

도천존은 그런 소량을 물끄러미 내려다보며 말했다.

"네게는 하늘 끝[天涯]에 도전할 자격이 있구나."

도천존의 목소리가 사방에 퍼져 나갔다.

第八章
버릇없지만 쓸 만한 놈

1

소량이 도천존에게서 겨우 목숨을 건졌을 무렵이었다.

호광성 신양현에 자리한 신양상단의 본원인 복래원(福來院)에는 이호청이 골치가 아프다는 얼굴로 앉아 있었다. 그는 의자의 팔걸이를 톡톡 두드리다가 관자놀이를 꾹 눌렀다.

"우리가 사천(四川)에 줄을 대기 위해 얼마나 많은 돈을 썼는지 아는가?"

"모르지요, 그거야."

신양상단의 단주, 이호청의 눈매가 가늘어졌다. 그의 앞에는 열여섯쯤 될 법한 소년이 앉아 그 비싸다는 자단목(紫檀木)으로 만든 탁자에 턱을 괴고는 귀를 후비적거리고 있었다.

"금자로 이백 냥이 들어갔다네."

"많이도 쓰셨네. 에이, 귀지가 이리 많았으니."

소년이 손가락에 딸려 나온 귓밥을 후 불어 날려 보내고는 자신의 비단 장포를 잡아당기며 투덜거렸다.

"그보다 이거 좀 봐요, 단주님. 척 봐도 어린아이가 포대자루를 뒤집어쓴 것 같지 않습니까? 이거나 좀 새로 맞춰줘요. 우리 형제들 것까지 네 벌 정도."

"진승조 이 자식!"

견디지 못한 이호청이 벌떡 자리에서 일어나 격렬하게 승조를 삿대질했다.

"네놈 때문에 금자 이백 냥의 노력이 수포로 돌아가게 생겼다!"

"연세도 있으신 어른이 그렇게 흥분하면 어찌합니까. 자칫하다가는 과도한 흥분으로 인해 귀천하실지도 모릅니다."

"네놈 때문에 귀천하게 생겼어, 네놈 때문에!"

이호청의 눈에 핏발이 섰다.

분명히 모든 것은 잘되어가고 있었다.

금자 이백 냥을 소용하기는 했지만 무사히 사천과의 끈을 마련할 수 있었고, 이제는 계약만 하면 되는 상태였다.

일이 망가진 것은 넉 달 전부터였다.

언젠가 무창에서 만났던 거간꾼 소년, 승조가 허름한 차림으로 찾아와 대뜸 독대를 청한 것이다.

천하의 신양상단의 단주였지만, 첫인상이 워낙에 특이했던 소년인지라 그는 독대를 허락했다.

사실 그는 몹시 기꺼워했었다. 척 봐도 보통이 아닌 상재를 가진 소년이 그의 품에 들어왔으니 어찌 기쁘지 않겠는가!

그는 이 보물을 잘 키워보리라 다짐하고 또 다짐했다.

하지만 그가 '잘 왔네. 후회하지 않을 걸세'라고 말하자마자 진승조란 소년은 산통을 홀딱 엎어버렸다.

"사실 잘 온 것 같지는 않은데… 에이! 이미 왔으니 어쩔 수 없지요. 신앙상난에서 멋지게 한 번 일해보겠습니다. 삯은 한 달에 은자 오십 냥만 주시면 됩니다."

은자 오십 냥?

은자 오십 냥이면 한 가족이 족히 몇 년은 놀고먹을 수 있는 큰돈이었다. 그런 돈을 일 년도 아니고 한 달에 한 번씩 달라니!

이호청은 당연히 그 의견을 거절했다.

진승조란 소년은 시원스럽게 자리에서 일어났다.

"그럼 사해상단(四海商團)이나 가봐야지."

사해상단이라면 신양상단이 눈엣가시로 여기는 곳이었다. 그때부터 있는 의심, 없는 의심이 다 들기 시작했다.

특별한 상재가 있는 소년이 아무 정보도 없이 찾아와 한 달에 은자를 오십 냥이나 내놓으라고 말할 리가 없었다.

이호청은 진짜로 돈을 주든, 아니면 주지 않든 일단 그를 데리고 있어야 한다고 생각했다.

그래서 그를 붙잡고 한 가지 내기를 청했다.

상재가 있는 것은 알고 있지만 그것만으로는 부족하다며, 정말로 장사를 잘할 수 있는지 보겠다며 신양 모첨차의 일부분을 맡긴 것이다.

승조는 쾌활하게 모첨차의 일부를 가지고 가더니 정확하게 한 달 뒤, 열 배가 넘는 큰돈을 벌어왔다. 도대체 비결이 무어냐 물었더니 여기서 산 것을 저기서 비싸게 팔고 저기서 산 것을 여기서 비싸게 팔았다는 흔한 대답이 나왔다.

'어쩌면 그때부터가 재앙의 시작이었는지도 모른다. 그때

속아서는 안 되는 거였어.'

 후에 사람을 시켜 알아보니 승조는 모첨차를 판매한 돈으로 용천청자(龍泉靑瓷) 하나를 샀다고 했다.

 용천청자는 남송(南宋)시대에 용천요(龍泉窯)에서 구워낸 기물인데 어떻게 그 가격으로 샀는지 알 수가 없었다.

 말 하나는 귀신같이 하는 녀석이라 그런지, 승조는 용천청자를 구입한 가격의 네 배가 넘는 돈으로 팔아버렸다.

 그리고 그 돈으로 밀이 나오는 넓은 땅을 샀다.

 그게 또 엄청난 수익을 거두었다. 늦여름 비가 많이 오더니, 그 땅을 제외한 농지에 수해가 난 것이다. 승조는 제발 팔아달라고 발 붙잡고 비는 사람들에게 거드름을 피우며 땅을 판 다음, 열 배가 넘는 돈을 가지고 신양상단으로 돌아왔다.

 과거를 떠올리던 이호청이 뭔가 생각난 듯 고개를 들었다.

 "참, 석 달 전부터 궁금했던 건데 그때는 왜 밀이 나오는 농지를 샀던 겐가? 그 지역에 귀한 작물을 기르는 밭이 많았는데."

 "그거요? 저지대에 있었거든요. 왠지 수해가 날 것 같더라고."

 "흐음, 근 삼십 년간 그 지역에 수해라고는 없었다. 네가 무후(武侯:제갈량)도 아닌데 기후를 읽었을 리는 없을 터."

"관아에 청해서 원대의 기록을 봤는데, 삼사십 년에 한 번씩 그 지역에 홍수가 났었더라고요. 단주님도 옛날 기록도 좀 보고 그러세요. 최근 기록만 너무 보시면 못씁니다."

유들유들한 말투에 이호청의 이마에 핏줄이 돋았다.

"이놈이 그래도… 잠깐, 삼사십 년? 그렇다면 수해가 아니 날 수도 있었던 게냐? 만약 수해가 나지 않으면 어쩌려고 그랬던 게야?"

"언젠가 나면 그때 비싸게 팔면 되지요, 뭐. 그것도 못 기다려 주는 상단주라면 내가 떠나는 수밖에 없고. 그런데 왜 자꾸 석 달 전 일을 여쭤보십니까? 매병이라도 오셨나."

"시끄럽다!"

이호청의 기분이 몹시 불쾌해졌다.

한 달 만에 열 배의 이득을 봐놓고도 승조는 제 밥값을 못 했다며 한탄했다. 그리고는 자신한테 금자 오십 냥만 주면 큰 건을 하나 물어오겠다고 제안했다.

무엇이냐고 물었더니, 승조는 신양상단이 사활을 걸고 비밀로 한 사천행로를 예전부터 알고 있던 사람처럼 읊어댔다.

"황상께서 북평부(北平府)로 천도를 결심하시고 열심히 성을 쌓고 계시지 않소. 듣자 하니 새로 축조하는 성에 사천의 나무를 끌어다 쓴다고 하던데… 설마 하니 나무만 오겠소? 사천의 여러 가지가 함께 딸려오겠지. 처음이야 관아의 규제가 심했다지만, 이제 슬슬 상계로 내려올 때가 됐을 거예요."

 이호청은 그만 승조의 재능에 반하고 말았다. 원가의 열 배가 넘는 돈을 벌어오는 기막힌 상재에 시류를 읽는 재주까지 탁월하니 반하지 않을 도리가 없는 것이다.
 그래서 금자 오십 냥을 주었다. 도박이었지만 한 번 해볼 만한 도박이라 여긴 탓이었다.
 돈을 가져가며, 승조는 사천과의 끈인 중앙상단(中陽商團)과의 계약을 미룰 수 있는 만큼 미루라고 부탁했다.
 석 달이 지난 지금도 승조는 절대로 계약해서는 안 된다고 이호청을 뜯어말리고 있었다.
 "금자 이백 냥! 사천과 끈을 잇기 위해 중앙상단에 금자를 이백 냥이나 빌려줬네! 중앙상단이야 사천을 주름잡는 상단이니 언제든 돌려받을 수 있겠지만, 나는 이자나 받으려고 돈을 빌려준 게 아닐세! 이번 건만 잘된다면 우리 신양상단은 북경(北京)에서 사천까지의 길을 뚫을 수 있어! 중원 전체를 아우를 수 있게 된단 말일세!"
 "알고 있어요. 그러니까 중앙상단과 계약하지 말란 겁니다."

버릇없지만 쓸 만한 놈 241

"그럼 자네가 무슨 생각을 하고 있는지 알려주게!"

"싫습니다."

승조는 이번에도 고개를 저었다.

모든 상단이 그렇듯, 신양상단도 다른 상단의 견제를 받고 있다. 이호청의 인덕이 높다고는 하지만 알게 모르게 정보가 새어나가고 있는 것이다. 일이 확실해지면 새어나가든 말든 상관없겠지만, 그 이전까지는 최대한 비밀에 부쳐야 했다.

"그럼 대체 언제쯤 알려줄 것이란 말인가!"

"글쎄요, 잘하면 오늘쯤?"

승조가 그렇게 말할 때였다.

때마침 기가 막힌 우연이 일어났다.

"단주님! 단주님!"

중년 행수 하나가 뛰어오는 소리가 들려왔다.

시비가 비명을 지르며 행수를 말리려 들었지만, 행수는 그녀를 밀치며 빠르게 복도를 가로질렀다.

마침내 복래원의 중앙에 있는 회의실의 문이 열리고 행수가 얼굴을 들이밀었다. 그의 얼굴은 새파랗게 질려 있었다.

"단주님! 어, 어서 밖으로……!"

"무슨 일인가?"

"허억, 허억. 바, 밖에!"

"이 사람, 숨이나 돌리고 말하게. 뭐가 그리 급하다고."

이호청이 못마땅하다는 듯 말하며 수염을 지그시 쓰다듬었다. 중년 행수는 그게 아니라는 듯 고개를 거세게 젓고는 답답한지 가슴을 쿵쿵 쳤다.

"단주님, 밖에……."

"밖에?"

이호청이 미간을 찌푸리며 반문하자, 숨을 고르던 중년 행수가 버럭 고함을 질렀다.

"사천 당가(四川唐家)의 소가주가 와 있습니다!"

사천 당가!

사천의 무가 중에서도 가장 큰 곳이 바로 사천 당가였다. 속세를 떠난 아미파나 청성파(靑城派)와는 달리, 그들은 속세의 일에도 거리낌없이 관여하는 지방 호족이었다.

만약 정말로 사천 당가, 그중에서도 소가주가 찾아왔다면 중앙상단에 댈 것이 아니다.

이호청이 믿을 수 없다는 듯 승조를 돌아보았다.

"이, 이거 자네가?"

"예. 그래서 중앙상단과의 계약을 받린 것입니다."

승조가 느긋하게 걸어오더니 건방지게도 이호청의 어깨를 툭툭 두드렸다. 이호청은 화도 내지 못한 채 넋을 잃은 표정

버릇없지만 쓸 만한 놈 243

만 짓고 있을 뿐이었다.

"물론 중앙상단과 계약해도 사천에서 북경까지 아우를 수 있겠지만, 그때는 중앙상단과 이득을 반씩 나누어야 해요. 중앙상단의 힘이 보통이 아니니 어쩌면 우리가 잠식당했을지도 모르지요. 하지만 사천 당가와 계약하면 상권에서 나오는 이득을 우리가 온전히 챙길 수 있습니다."

"그럼 당가는?"

"당가는 외가(外家)의 무인 중 몇을 독립시켜 표국을 만들고 싶다더군요. 당가도 이제 사천 밖으로 영향력을 뻗을 때가 되었으니까요. 그것을 돕기로 약속했습니다."

신양상단이 얻는 이득은 한둘이 아니다. 촉도를 넘기 위해 표국에 지불해야 할 비용도 줄어들거니와 상계와의 인연을 철저하게 피하는 무림과 끈을 만들 수도 있다.

"하지만 어떻게 사천 당가를……"

"알고 보니 사해상단에서 먼저 노리고 있었더군요. 한 달 전에 밀이 나오는 땅을 구입해 간 사람이 바로 사해상단 사람이었는데, 값을 깎아주면 정보를 주겠다고 합디다."

땅을 구입해 간 사람은 일개 행수였는데, 사해상단에서 독립하기 위한 자금을 마련하러 승조를 찾았던 참이었다.

사해상단을 배신하는데 아무 거리낌이 없었던 고로, 그는 값을 절반으로 후려치는 대신 정보를 팔았다.

그 이전까지는 사천의 사업에 대해 말이 없던 승조가 당당하게 금자 오십 냥을 요구했던 것은 바로 그런 사연에서였다.

이호청이 고개를 절레절레 저었다.

"아니, 내 말은 어떻게……."

"아아, 어떻게 구워삶았느냐고요?"

승조가 피식 웃으며 복래원 밖으로 걸음을 옮겼다.

멍하니 그 뒷모습을 바라보는 이호청의 귓가에 승조의 목소리가 들려왔다.

"그야 깎아준다고 했지요."

신양상단, 아니, 호광 상계의 신성(新星) 신산자(神算子) 진승조다운 말이었다.

2

당가의 소가주, 당유회(唐遊回)는 신양상단의 원자(院子:마당)를 느긋하게 둘러보았다. 그의 뒤로 당가의 총관과 녹혈대(綠血隊)가 서 있었다.

당유회의 얼굴에는 미소가 떠올라 있었다.

'분위기가 제법 괜찮군. 이만하면 관의 눈을 피하는 데는 적격인 셈이다.'

관과 무림이 불가침이라고는 하지만, 적정선을 넘으면 금의위나 동창(東廠)이 개입하게 마련이다.

그 적정선이란 일정 숫자 이상의 무인을 보유해서는 안 된다는 것과 자금력을 과하게 가지면 안 된다는 것이었다.

관아의 손이 미치지 않는 곳에서 백성들을 돌본 공로는 인정하되, 그 이상은 인정하지 않겠다는 뜻인 것이다.

하지만 사천의 패자로 자리 잡은 당가는 중원 진출을 노리고 있었다. 그러기 위해서는 위험부담을 감수하고 상계와 손을 잡아야 했다.

표국 창업에 큰 지원을 이끌어내되, 관의 눈을 피할 것.

소가주와 총관을 내보낸 것은 바로 그런 이유에서였다.

'그것 말고 다른 이유도 있겠지. 아마 내게 강호 경험이 부족하다 여기신 것일 게다.'

당유회가 눈을 지그시 감았다. 나름 중하다 하겠으나 사실 총관만으로도 해결될 만한 일이었다. 그를 강호에 보낸 것에는 다른 이유가 있게 마련인 것이다.

다시 눈을 뜬 당유회가 총관을 돌아보았다.

시선의 의미를 알아차리지 못한 총관이 가볍게 고개를 저어 더 기다리자는 신호를 보냈다.

그들은 신양상단의 단주에게 압박을 가하기 위해 귀빈실로 안내하려는 시비를 거절하고 일부러 원자에서 기다리고 있었던 것이다.

시비가 아니라 단주에게 직접 안내를 맡기는 셈이니 무례하다고 화를 낼지도 모르겠지만 그렇게 되면 당가는 협상에서 유리한 고지를 차지할 수 있게 된다.

당유회는 다시 신양상단을 관찰했다.

'아이들도 많고, 부근 백성들의 얼굴도 밝다. 이는 민심을 얻었다는 뜻. 관에서도 쉽게 손을 댈 수 없겠지.'

신양상단의 사람들은 그들이 사천 당가라는 것도 모르는지, 호기심 어린 눈빛으로 흘끔대고 있었다.

특히 어린아이일수록 더했다.

앞에서 작은 인기척이 느껴지자 당유회는 미소를 지으며 고개를 숙였다. 네 살이나 됐을까 싶은 어린 계집아이가 신기하다는 듯 당유회의 비단 정장을 바라보며 코를 닦고 있었다.

"아저씨."

"왜 부르느냐?"

"이거 풀로 물들인 거지, 그렇지?"

당유회가 피식 웃으며 고개를 끄덕였다.

"참 똑똑하구나. 그래, 풀로 물들인 게 맞다."

"있잖아, 나는 풀이 좋아."

아이가 수줍음 가득한 미소를 지으며 말했다. 당유회는 아이의 머리를 한차례 쓰다듬어 주었다. 본래 성정이 차가운 그였지만, 아이들만큼은 좋아하는 당유회였다.

눈을 지그시 감고 당유회의 손길을 즐기던 아이가 고개를 홱 돌렸다. 좌측에서 허름한 면포배자를 차려입은 여인이 걸어오고 있었던 것이다.

"영화 언니!"

간단한 탕과 소채, 밥 따위가 든 소반을 들고 걸어가던 영화가 당혹스러운 표정을 지었다. 아이가 덥석 안긴 바람에 하마터면 소반을 떨어뜨릴 뻔했던 것이다.

"채희(彩喜)야, 언니가 뭔가를 들고 있을 때는 지금처럼 안기면 안 돼."

영화가 한 손으로 소반을 든 채 채희라고 불린 아이의 머리를 쓰다듬었다. 채희는 시무룩한 표정으로 고개를 끄덕였다.

"객이 오신 모양이로군요."

영화가 당유회와 무인들을 보고는 가볍게 목례해 보였다.

당유회의 눈에 이채가 떠올랐다.

'하! 호광성에 이런 미인이 있었던가?'

당가의 직계인 고로 어린 시절부터 많은 미인을 보아왔는데, 허름한 옷차림의 여인보다 미인은 본 적이 없었다. 당유회는 한참 동안이나 영화의 얼굴에서 시선을 떼지 못했다.

 당유회의 시선을 알아차렸는지, 채희가 환하게 웃으며 말했다.

 "아저씨, 영화 언니한테 반했구나?"

 "채희야, 그런 소리는 하면 안 돼."

 영화가 당혹스러운 표정으로 외쳤다.

 "왜? 우리 엄마가 언니한테 반한 남자가 수도 없이 많다 그랬는데. 곽 아저씨도 언니더러 천하제일미라고 했어."

 천하제일미와 비교해도 모자라지 않을 것이라는 소리를 종종 듣는 영화였지만, 정작 본인은 한 번도 그런 생각을 하지 못했다. 영화가 목덜미까지 붉어진 얼굴로 고개를 저었다.

 채희에게 무어라고 설명하던 영화가 민망한 듯 고개를 들었다.

 "어린아이인지라 제가 아름답게 보이는 모양입니다. 뜻하지 않게 금칠을 받게 되었군요."

 "아이의 말이 과히 틀리지 않는군요. 사천에서 자라 호광성의 일은 잘 모른다지만, 이처럼 미인이 있을 줄은 정말 몰랐소. 옷차림을 조금만 바꾼다면 천하제일미라 칭해도 욕하는 이가 없을 게요."

 당유회가 호방하게 웃으며 읍해 보였다.

"나는 사천 당가의 사람으로, 이름은 유회라고 하오."

영화는 예를 갖추는 대신 물끄러미 당유회의 얼굴을 바라보았다. 분명히 입꼬리는 올라가 있는데, 이상하게도 눈은 웃고 있지 않았다.

"이런. 제가 무례를 저질렀군요. 제 성은 진가고, 이름은 영화라 합니다. 무창 사람이지요."

자신이 결례했다는 것을 깨달은 영화가 얼른 목례하며 정식으로 인사했다. 당유회가 탄성을 토해내며 말했다.

"허어! 얼굴만큼이나 방명 역시 아름답구려. 다만 그 면포배자가 미모를 깎아먹으니 그게 아쉬울 뿐이오. 내 넘치지는 못하나 부족하지는 않은 집안의 사람이니, 괜찮다면 비단을……."

"하아—"

영화가 가볍게 한숨을 내쉬었다. 안 그래도 비단이나 장신구 따위를 사주겠다고 하는 사람이 많아진 참이다. 눈이 워낙에 진지하기에 관심을 가졌는데 이 사람도 마찬가지인가 보다.

"호의에 감사드립니다. 하지만 제게는 허름한 면포배자가 더 편하니 감히 사양코자 합니다. 부디 양해해 주시길 바랍니다."

"비단을 싫어하는 사람은 처음 보았소."

당유회가 어깨를 으쓱하며 말했다.

"선현께서 이르시기를, 의복은 화려함이나 사치를 추구해서는 아니 되고[不可華侈] 추위를 막을 정도면 그만[禦寒而已]이라고 했지요."

당유회가 입을 꾹 다물었다. 그냥 애교 섞인 거절이려니 싶었는데 예상외로 먹물 냄새가 묻어나는 답변이 나온 것이다.

영화가 이만 가보겠다는 듯 웃어 보이고는 걸음을 옮길 때였다. 치맛자락에 붙어 영화가 들고 있는 것이 무언가 호시탐탐 노리던 채희가 불쑥 손을 내밀었다.

"당과를 숨겼구나, 언니?"

소반이 덜그럭거리며 그릇 몇 개가 공중으로 떠올랐다. 당유회가 미간을 찌푸렸다. 피하는 것은 어렵지 않은 일이나, 기분은 과히 좋지 않았던 것이다.

그때, 놀라운 일이 일어났다.

스으윽—

영화의 소맷자락이 가볍게 바람을 타고 놀았다. 마치 새하얀 구름처럼 부풀어 오르기도 하고, 하늘거리는 종잇장처럼 굽혀지기도 하던 소맷자락이 쏟아지는 초어탕의 국물을 감싸 안았다. 영화는 오로지 소맷자락으로만 당유회에게 쏟아지는 모든 음식물을 막아내었다.

버릇없지만 쓸 만한 놈

'무공?'

그러더니 가볍게 발을 내밀어 떨어지는 그릇을 톡, 찬다. 그릇이 높이 솟아오르자, 영화는 소반을 내밀어 그것을 받아 내었다.

놀랍게도 영화의 한 손은 여전히 채희의 머리를 감싼 채였다.

당유회가 놀란 듯 눈을 치켜뜰 즈음, 영화가 가볍게 머리를 숙여 사죄하고는 아무 일도 없었던 것처럼 걸음을 옮겼다. 당유회의 뒤편에서 영화의 목소리가 들려왔다.

"채희야, 언니 옷 또 더러워졌잖아."

"미안해, 언니."

영화는 시무룩해진 채희를 보고 가볍게 한숨을 내쉬었다.

영화와 채희가 건물 너머로 사라지자, 당유회가 녹혈대를 바라보며 '차이고 말았다'는 듯 어깨를 으쓱했다.

"하하하! 소가주, 그렇게 급작스럽게 다가가면 어떤 여인이든 도망가는 법이라오!"

녹혈대의 무인들이 하나같이 웃음을 터뜨렸다.

하지만 총관의 표정은 달랐다.

'예상외로 성정이 가벼우시군.'

본래 네 살짜리 계집아이가 무례하게 당가의 소가주 앞에 설 수는 없는 노릇이었다. 아마 접근하기도 전에 누구든 나서서 막아섰으리라.

하지만 지금은 총관도, 녹혈대도 움직이지 않았다.

이 모든 것이 가주의 밀명 때문이었다.

"제 아비가 일찍 죽은 까닭에 어린 나이에 소가주가 된 몸이다. 폐관만 하다가 이제야 세상 빛을 보았으니… 어지간하면 방해하지 말고 스스로의 눈으로 세상을 보게 하여라. 훗날 너희의 주인이 될 몸이니 너희도 그 성품을 알아야겠지."

본래 한 가문의 소가주는 적지 않은 나이인 법이다.

무인들은 기력이 정정하여 늙어서까지 업무를 볼 수 있으니, 한 번 가주의 자리에 앉으면 제법 오랜 후에 물러나는 것이다. 당금과 같은 평화로운 시기에는 더더욱 그러했다.

당장 하북 팽가의 소가주만 해도 서른 중반이고, 제갈세가의 소가주는 그보다 더하여 마흔에 접어들어 있었다.

하지만 사천 당가의 소가주였던 당유회의 아버지, 당현영(唐賢營)은 절맥을 타고난 까닭에 서른두 살의 나이에 목숨을 잃고 말았다. 직계가 한 명밖에 남지 않았으므로 어쩔 수 없이 당유회가 소가주 직위에 오르게 되었다.

현재 당유회의 나이는 고작 열아홉 살이었다.

버릇없지만 쓸 만한 놈 253

'아직은 어린 나이시니 어쩔 수 없는 일이려나.'

당가의 총관, 당문기(唐文技)가 한숨을 내쉬었다.

하지만 당문기의 예상과 달리, 당유회는 그렇게 가벼운 사람이 아니었다. 조금 전 영화가 보았던 것처럼, 그는 '입가는 웃고 있어도 눈은 웃지 않는 사람'이었다.

'재미있는 여자군.'

녹혈대와 한바탕 웃어 보인 당유회가 영화가 있던 자리를 돌아보았다.

사실 그는 여자를 그렇게 좋아하지 않았다. 특히 아름다운 여자는 심히 경계하는 편이었다. 당가의 소가주라는 배경을 노리고 덤벼드는 여자가 한둘이 아니었던 것이다.

무학을 익힌 여자도 꺼리는 편이었는데, 오만한 면이 싫기 때문이었다. 자신의 무위에 취하여 타인을 깔보는 여인들이 속을 감추고 접근할 때에는 얼마나 소름이 돋았는지 모른다.

조금 전에 지나간 여인은 아름답거니와 무학까지 갖추었다.

'그런데 오히려 흥미로워.'

그러한 외모를 가지고도 허름한 면포배자가 더 마음에 든다고 당당하게 말한다. 그만한 무위를 가지고도 시비처럼 요리 따위를 옮기고 있었다.

"흐음, 진영화라······."

당유회의 눈에 이채가 떠올랐다.

그때, 뒤쪽에서 누군가의 목소리가 들려왔다.

"당 대협, 어찌 귀빈실로 들지 않으시고 여기에 계십니까?"

신양상단의 본원에서 승조가 걸어나오고 있었다.

그 뒤로 이호청의 모습도 보였다.

당가의 소가주가 왔다는 소식에 뛸 듯이 기뻐했던 이호청이었지만 지금의 태도는 태연하기만 했다.

그 역시 상단을 이끄는 단주. 만난 지 얼마 안 됐지만 왠지 모르게 친숙한 승조나 수하의 행수들에게는 속을 보여도 외인에게는 결코 내심을 꺼내지 않는 것이다.

"천하의 사천 당가의 소가주를 뵙게 되었으니 이 이 모의 운도 아예 없는 것은 아니로군요. 제가 바로 이 신양상단의 단주인 이호청이라오."

"당가의 소가주, 당유회입니다."

당유회가 가볍게 읍해 보였다. 승조가 둘을 번갈아 바라보다가 걱정스러운 얼굴로 이호청에게 말했다.

"단주, 손님은 제가 모셔가겠습니다. 단주께서는 급히 처리해야 할 일이 있지 않습니까."

이번만큼은 예의를 지키는 승조였다.

"그래, 잘 부탁한다."

승조의 어깨를 두드려 준 이호청이 당유회에게 장읍했다.

"객이 찾아오셨으니 주인이 맞아야 함이 마땅하나 공교롭게도 지금은 사정이 있어 잠시 자리를 비워야 한다오. 그리 오래 걸리지 않을 터, 내 곧 와서 이 무례를 사죄하리다."

일부러 시비를 물렸던 당가나, 일이라고는 하나도 없는 데도 바쁜 척 물러나는 이호청이나 매한가지였다.

다만 이 경우, 승자는 이호청이라고 할 수 있었다. 당가가 원하는 대로 직접 나오긴 했으나 바쁘다고 금방 자리를 비우니 나온 것도 안 나온 것도 아니다. 오히려 그를 기다려야 하는 당가가 조금 밑지는 자리에 있다고 할 수 있었다.

그러나 당가는 할 말이 없었다. 자신들을 먼저 대접하라 강권을 한다면 도량이 좁은 사람이 되기 십상인 것이다.

곧 이호청이 총총걸음으로 사라져 갔다.

승조가 학식 높은 선비마냥 정중하게 머리를 숙였다.

"단주께서 바쁜 일이 있어 그러니 부디 양해해 주시길 바랍니다."

한 수 밀리고 만 당유회가 한숨을 길게 내쉬었다.

"무례랄 것까지야 있나. 그저 우리가 상계의 일을 잘 모르는 게지."

말 속에 뼈가 있다는 것을 알고 있었지만 소량은 모른 척 미소를 지었다.

"저쪽이 복래원입니다. 귀빈실에 모첨차를 준비해 두었으니 맛이나 보시지요."

"안내하게."

당유회가 앞서 걸어가는 승조의 뒤를 따라 걸음을 옮겼다. 당유회 본인은 의식하지 못했지만, 그는 몇 번이나 영화가 있던 곳을 돌아보고 있었다.

第九章
서신

1

 당가와 신양상단의 싸움은 치열하게 전개되었다. 물론 실제의 전투라면 응당 당가의 승리였으리라.
 그러나 이것은 칼 대신 말이 오가는 전투였다. 당가 내에서는 당할 자가 없다는 총관도 승조를 이길 수는 없었다.
 '사천에 있는 중앙상단 대신 호광성에 있는 신양상단을 선택한 것은 관아의 눈을 피하기 위함이 아니냐'라는 질문에 답을 하지 못한 것이 패인이었다.
 대신 승조는 보상도 건네주었는데, 새로 설립될 표국의 권리는 당가가 갖되 표면적으로는 신양상단의 이름을 빌려주겠다는 약속이 바로 그것이었다.

그날 밤, 마침내 계약이 성사되었다. 그때부터 사천 당가 일행은 신양상단의 귀빈으로 대접받았다.

휘황찬란한 객실에 들어선 당유회가 피식 실소를 머금었다. 밖에서 아이들의 웃음소리가 들려왔기 때문이었다.

'노을이 지는데도 지치지 않는구나, 녀석들.'

당가의 소가주라는 직책 때문에 당유회는 수많은 음모 속에서 살아와야 했다. 어떤 이들은 이권을 노리고 다가왔고, 어떤 이들은 당가의 무학을 노리고 다가왔다.

혼인을 위해 접근했던 여자들을 싫어했던 것처럼 그는 겉과 속이 다른 사람도 싫어했다. 아이들을 좋아하는 것은 그들의 겉과 속이 일체를 이루기 때문일 터였다.

'신양상단의 단주라는 사람, 제법 괜찮은 사람이군.'

본래 이호청은 과하게 얻은 것은 반드시 베풀라는 선대의 유언에 충실한 사람이었다. 그는 굶주리는 백성이 있으면 무엇이든 먹이려 했고, 가난한 자들이 있으면 일거리를 주려 했다.

일례로, 신양상단의 조방에는 숙수가 열다섯 명이나 되었다. 그것도 남자가 아니라 여자들이었다. 당유회에게 음식을 쏟을 뻔했던 채희도 조방에서 일하는 어느 아낙의 딸이었다.

'당가의 사상과도 일맥상통하는 바가 있다.'

독으로 백성들을 돕는 것이나, 돈으로 돕는 것이나 큰 차이는 없을지도 모른다. 처음에는 꺼려지기만 했는데 점점 더 신양상단이 마음에 들었다.

가볍게 운기하던 당유회가 천천히 침상에서 내려왔다. 탁자에 놓아두었던 건을 둘러맨 당유회가 접객당을 나섰다.

그로부터 반 각 동안, 당유회는 느긋하게 신양상단을 산책했다. 본원인 복래원에는 함부로 갈 수 없었지만, 그 뒤편의 후원도 구경했고 신양상단의 행수와 그 가족들이 머무는 객사도 구경했다. 당가와는 비교도 되지 않을 만큼 작은 장원인지라 구경은 금방 끝났다.

정문 쪽으로 걸어가던 당유회의 얼굴에 미소가 떠올랐다.

"또 뵙는구려, 진 소……."

무어라 말하려던 당유회가 입을 다물었다.

정문 옆 버드나무 밑에 영화가 앉아 떨어지는 나뭇잎을 가지고 놀고 있었는데, 그 놀림이 신기막측했던 것이다.

손등에 가볍게 내려앉은 버드나무 잎은 도무지 바닥에 떨어지질 않았다. 손바닥 위에서 회전하거나 소매에 앉아 주르르 미끄러지던 버드나무 잎이 다시금 손등에 내려앉았다.

바람을 자유자재로 부려 버드나무 잎을 희롱하는 것처럼.

'아니, 정말로 바람을 자유자재로 부리고 있군.'

허름한 면포배자에 어울리지 않게 소매가 크다 했더니, 저

서신 263

런 용도였던 모양이다. 영화는 소매를 움직여 바람을 만든 다음 그 안에 버드나무 잎을 가두어놓고 있었다.

할머니가 떠나간 뒤, 영화는 때때로 이렇게 홀로 앉아 바람을 가지고 놀곤 했다.

"어험, 험."

당유회가 헛기침을 내뱉었다.

영화가 화들짝 놀라 자리에서 일어났다.

"당 대협이시로군요. 깜짝 놀랐습니다."

"놀라기는 나 역시 마찬가지라오. 소저께서는 밤이 깊어가는데 여기서 무엇을 하시는지요?"

"아이들 몇이 돌아오지 않아서 기다리고 있습니다."

어린 시절의 동생처럼 어여쁜 아이들도 영화의 텅 빈 마음을 채워주었다. 예전 동생들과 놀아주었던 것처럼 영화는 일이 없을 때마다 아이들과 놀아주곤 했다.

"이런, 해가 져가는데……."

"대협께서는 들어가 보시지요."

"나도 함께 기다려도 되겠소? 객실 안에 있으려니 좀이 쑤셔서, 원. 그리고 실은 나도 아이들을 좋아한다오."

거절하려던 영화가 말을 멈추었다. 얼굴은 웃어도 눈은 웃지 않던 당유회가 이번에는 진심으로 웃고 있는 것이다.

영화는 평소의 버릇대로 멍하니 중얼거리고 말았다.

"이번에는 눈도 웃네요."

"예? 그게 무슨 뜻입니까?"

실수를 했다는 생각에 영화의 얼굴이 흑색이 되었다. 당유회가 동생의 큰 손님이라는 사실을 떠올린 영화가 얼른 장읍하여 사죄했다.

"실례했습니다. 실언일 뿐이니 괘념치 마시지요."

"말씀을 아니 해주시는 것이 더 실례가 된다오."

당유회의 표정이 딱딱하게 굳었다. 그의 어머니가 항상 해주던 말이 기억났던 것이다.

"얼굴은 웃고 있지만, 눈은 웃지 않는구나. 그렇게 예쁜 눈인데."

그때부터 당유회는 어머니의 얼굴을 똑바로 볼 수 없었다. 그는 어머니의 말씀을 통해 자신이 그렇게 싫어하던 겉과 속이 다른 사람이 되어버리고 말았다는 것을 깨달은 것이다.

같은 소리를 들은 지금도 마음은 편하지 않았다.

"거듭 사죄드립니다, 당 대협."

"정녕 그게 무슨 뜻인지 말씀해 주지 않으시려오?"

당유회가 미소를 지으며 말했다.

하지만 영화는 그 미소 속에 불안한 감정이 숨어 있다는 것을 알 수 있었다. 가면 뒤에 숨은 그의 얼굴은 여리기 짝이 없었다.

당유회가 과장되게 서운한 표정을 지었다.

"묻지 않아도 답을 알 것 같소. 진 소저께서는 제가 겉과 속이 다르다고 생각하시는 게지요?"

영화의 얼굴이 홍당무처럼 달아올랐다.

당유회가 생각하는 의미와 좀 다르긴 했지만, 영화도 비슷한 생각을 하기는 했던 것이다.

"저도 원하는 바는 아닙니다만, 어쩔 수 없는 일이지요. 세상이 이처럼 험악하니 진심을 숨기고 살 수밖에."

당유회가 그렇게 말하며 한숨을 길게 내쉬었다.

영화는 그가 일부러 서운한 척하는 것임을 짐작했다. 속이 뻔히 보이는 속셈이 오히려 승조의 장난처럼 귀엽게 느껴져서, 그녀는 또다시 미소를 머금고 말았다.

당유회의 표정이 불쾌하게 변해갔다.

생각해 보면 그녀는 별다른 무례를 하지 않았는데도 왠지 불안해지고 화가 난다. 그는 그것이 속내를 들켰기 때문이라는 것을 알지 못했다.

"진 소저, 아무리 그래도······."

당유회가 그렇게 말할 때였다. 정문 밖에서 인기척이 들리는가 싶더니 이내 아이들이 우는 소리가 들려왔다.

당유회와 영화의 시선이 동시에 돌아갔다.

"으아앙, 으아앙!"

영화가 바람처럼 경공을 펼쳐 정문 밖으로 나섰다.

당유회가 놀란 표정을 지으며 영화의 빈자리를 바라보았다. 방금의 경공은 그가 겨우 이룬 경지와도 비슷했다.

당유회가 이내 표정을 바꾸어 영화의 뒤를 따라갔다.

정문 밖에는 영화가 창백한 표정으로 주저앉아 있었다.

영화의 무릎을 베고 사내아이가 한 명 누워 있었는데, 얼굴이 붉게 달아오른 데다 탱탱 부어 있다.

'독이로군. 어떤 독이지?'

당가의 소가주이니만큼 독에 대해서는 잘 알고 있는 당유회였다. 아이를 살펴보던 당유회는 이내 답을 얻을 수 있었다.

'홍점사(紅點蛇)?'

당유회의 표정이 기피하게 변해갔다. 이 계절에 홍점사가 있었을 줄은 몰랐던 것이다.

영화가 창백한 얼굴로 질문했다.

"도, 도대체 어떻게 된 거야?"

"아신(兒眞)! 아진이 밭에 놀러 갔다가 빨간 뱀한테 다리를 물렸어, 언니! 어떻게 해, 으아앙!"

채희가 엉엉 울며 소리쳤다.

당유회가 천천히 다가오며 말했다.

"홍점사일 거요. 극독을 가진 뱀인데 물리면 한 시진 만에 사망에 이르는……."

당유회가 다가오기도 전이었다. 영화가 아랫입술을 질끈 깨물고는 다짜고짜 아이의 상처에 입을 가져갔다.

당유회는 깜짝 놀라고 말았다.

"뭐하는 짓이오, 소저!"

거세게 피를 빨아낸 영화가 퉤 하고 침을 뱉고는 다시 상처로 입을 가져갔다. 당유회가 영화의 어깨를 잡아당겼다.

"입안에 상처라도 있다면 소저도 중독되오!"

"나, 난 무학을 익혀서 독을 참아낼 수 있어요. 일단 피를 빨아내고 의원에게 가면 돼요. 놔줘요."

영화가 울먹이는 눈으로 당유회를 바라보며 말했다.

당유회는 실소를 머금고 말았다.

"당가가 무엇으로 유명한지 모르는 것이오?"

영화는 모른다는 의미로 고개를 젓고는 다시금 상처에 입을 가져가려 했다. 당유회가 얼른 그녀를 말렸다.

"당가는 독으로 유명하다오, 독. 하독이나 해독에는 당가를 따라올 곳이 없지. 진 소저께서는 걱정 마시오. 내일 조반을 들 즈음 이 녀석은 동네가 좁다 하고 뛰어놀고 있을 게요."

"아아……."

영화가 기운이 다 빠진 얼굴로 주저앉았다. 당유회가 소매에서 해독분 몇 개를 꺼내어 독이 퍼지는 시간을 지연시켰다.

분주히 손을 놀리며 옆을 돌아보니 영화가 멍한 표정을 짓고 있는 것이 보였다.

"생각보다 성정이 폭급하시구려, 소저는."

"저는 당가를 잘 몰라서……."

영화가 민망한 얼굴로 고개를 푹 숙였다.

당유회는 그녀를 보고는 또다시 웃음을 터뜨리고 말았다. 문득 아무 이득도 없이 아이의 피를 빨아내던 영화의 모습이 떠올랐다.

처음 만났을 때보다 배는 많은 관심이 일어났다.

2

같은 시각.

승조는 골치가 아프다는 듯 관자놀이를 누르고 있었다. 한 시진 전에 회령지부에서 서신이 하나 날아온 것이다. 신양상단에게 온 서신이 아니라, 승조 본인에게로 온 것이었다.

승조는 누가 보냈는지 확인할 겨를도 없이 새빨리 서신을 펼쳐 읽어 내렸다. 읽은 다음에는 거듭 읽기를 반복했다.

생각에 잠겨 있던 승조가 서신을 또다시 읽기 시작했다.

영화, 승조, 태승, 유선은 보아라.

모두들 건강하게 지내는지 모르겠다. 너희가 무사히 무창을 떠났는지, 신양상단에 자리를 잡았는지, 혹여 굶고 있는 건 아닌지 걱정하느라 잠을 이루지 못한 날이 많다.

자신을 팔아 자리를 만들겠다는 승조의 말을 믿지 못하는 체했지만, 재주가 많은 아이이니 어떻게든 머물 곳을 마련했으리라 믿는다.

나는 현재 남직예의 회령에 있다.

나는 무탈하거니와 할머니의 행방도 찾은 것 같다.

간략하게 설명하자면 이렇다. 너희와 헤어진 다음, 나는 태행마도라는 악인을 찾아 헤맸다. 혹여 그가 할머니를 습격했던 자들과 한패일지도 모른다는 의심에서였다.

결과적으로는 내가 틀렸지만, 그를 추적한 덕택에 할머니와 만난 적이 있는 아이를 만날 수 있었다. 할머니는 반 토막 난 노리개와 찢어진 당혜를 들고 있었다고 한다.

아이의 말에 따르면 할머니는 합비에 계신 것 같다.

회령에서 합비까지 한 달 반 정도가 소요된다고 한다. 도착해서 합비를 뒤지는데 걸리는 시간까지 포함하면 두세 달은 족히 걸리지 싶다. 틈틈이 서신 보내마.

이 서신이 무사히 전해지기를 바란다. 모두가 건강하기를 바란다. 할머니를 모시고 꼭 돌아갈 테니 염려 마라.

그때 만나자.

—소량.

승조가 서신을 곱게 접어두고는 탁자에 턱을 괴었다.

'신양상단의 행수가 되었으니 기회는 많다 여겼는데.'

호광 일대에 신양상단의 손이 닿지 않는 곳은 없다. 승조는 행수가 되자마자 상단의 힘을 빌려 할머니의 행방을 알아볼 생각이었다. 용모파기부터 마련할 생각으로 솜씨 좋은 화공을 수소문하기도 했다.

'운이 좋으면 형님보다 먼저 찾을 수 있을 것도 같았고.'

승조가 머리가 아프다는 듯 고개를 절레절레 저었다. 머릿속은 불안한 생각으로 가득 차 있었다. 승조는 갑자기 할머니가 보고 싶어 견딜 수 없어졌다.

'합비에 계시다고?'

할머니는 이름을 기억하지 못했다. 예전에 어디에 살고 있었냐는 질문에도, 무엇을 해서 생계를 꾸렸었느냐는 질문에도 대답을 못했다. 처음 본 자신들을 손자라고 여긴 것만 봐도 알 수 있다. 할머니에게는 무언가 문제가 있나.

'주화입마, 아니면 매병.'

할머니의 고강한 무공을 생각하면 돌아가셨을 리가 없다.

그렇다면 할머니가 돌아오지 않는 것은 주화입마에서 벗어났거나 매병이 치유되었기 때문이라고 추측할 수 있다. 만약 할머니께서 돌아오고 싶어하지 않는다면 어떻게 해야 하는가.

'합비에 무엇이 있더라?'

다름 아닌 남궁세가가 있다. 할머니의 고강한 무공을 생각하면, 어쩌면 그녀는 남궁세가와 연관이 있는 것일지도 모른다.

'남궁세가에 대해서 알아봐야겠다.'

승조가 천천히 자리에서 일어났다. 그는 자신의 예상이 틀렸기를 바랐다. 할머니께서 돌아오기를 바랐다. 만약 그럴 수 없다면 최소한 할머니께서 행복하기를 바랐다.

승조는 간절히 소망했다.

3

어느 날부터인가 강호에 한 가지 소문이 떠돌았다.

도의 하늘에 이르렀다는 단천화의 삼 초식을 받아낸 영웅에 관한 소문이었다.

천애검협(天涯劍俠) 진소량!

바로 그가 소문의 주인공이었다.

소문에 따르면, 어느 아이 하나가 우연치 않게 도천존의 비급을 입수했다고 한다.

 아무것도 모르는 아이에 불과했으나 도천존은 '비급을 가져간 자, 반드시 죽이겠다'는 일규를 시행하려 들었다.

 차마 아이의 죽음을 볼 수 없었던 고로 진소량은 도천존의 삼 초식을 받기를 청하였는데, 피투성이가 되면서도 끝까지 포기하지 않았다고 한다.

 심지어 도천존의 초식을 파훼했다는 소문도 있었다.

 어디 그뿐이랴?

 태행마도와 일전을 벌인 협객이 바로 천애검협이라는 소문도 떠돌았다. 그는 검기를 발하여 태행마도를 쓰러뜨린 뒤에도 도천존의 비급에는 일절 관심을 두지 않았으며, 욕심을 부리는 사람들을 보며 '욕심이 눈을 가렸다'고 일갈하고는 이름도 밝히지 않고 떠나 버렸다고 한다.

 강호는 천애검협에 대한 소문에 열광했다. 그서 한 아이를 돕기 위해 목숨을 바치는 의기에 감탄했으며, 명리와 탐욕과는 무관한 초탈한 모습에 탄복했다.

 그러나 정작 소문의 주인공인 소량은 아무것도 모르고 있었다. 무려 이십여 일째 혼몽에 빠져 일어나지 못한 것이다.

 그를 치료한 의원은 내상도 심하거니와 피를 많이 흘려 생사를 장담할 수 없다고 했다.

이십여 일 동안 소량의 의식은 다른 곳을 유영하고 있었다.

'할머니…….'

소량은 자신이 꿈을 꾸고 있다고 생각했다. 앞에는 살호장군 마유필이 쓰러져 있었는데, 소량은 자신이 왜 그래야 하는지도 모르면서 그의 얼굴을 주먹으로 후려치고 있었다.

엉망이 되어버린 살호장군 마유필의 얼굴을 보자 마음속 깊숙한 곳에서 분노가 일어났다. 마침 옆에서 단도가 보였으므로, 소량은 그것을 움켜쥐고 하늘 높이 들어 올렸다.

따스한 손길이 소량의 손을 잡았다.

소량은 저도 모르게 뒤를 돌아보았다. 그 어느 때보다도 엄한 얼굴을 한 할머니가 질문을 던지고 있었다.

"너는 네가 어찌하여 싸웠는지 알고 있느냐?"

소량이 다시 살호장군 마유필에게로 시선을 돌렸다. 마유필 대신 칠공으로 피를 흘리는 연호진의 모습이 보였다.

시선이 마주치자 연호진이 울음을 터뜨렸다.

"형아, 미안."

소량이 눈을 질끈 감았다. 무학을 배운 이유가, 무로써 스스로를 단련하는 이유가 어디에 있겠는가!

나는 어찌하여 무학을 익혔던가!

수많은 기억들이 혼재되어 뒤섞였다. 소량은 동생들의 얼굴이 차례대로 스쳐 지나가는 것을 보았고, 그의 손에 목숨을 잃은 무인들의 얼굴을 보았다.

마지막으로 보인 것은 도천존 단천화의 새하얀 눈이었다.

소량은 눈을 질끈 감았다.

"으음……."

소량이 신음을 토해냈다.

다시 눈을 뜨고 보니 낯선 천장이 보였다. 소량은 상황을 이해하지 못해 몇 번 눈을 끔뻑였다. 기나긴 꿈을 꾸고 나니 화려한 비단금침이 깔린 침상에 누워 있다.

"여긴 어디지?"

사방은 고요하기 짝이 없었다. 소량은 의아한 듯 주변을 둘러보다가 옆구리에서 따뜻한 온기를 느끼고는 고개를 숙였다.

"아진(兒珍)! 괘, 괜찮으냐?"

연호진이 몸을 새우처럼 만 채 소량의 옆에서 쓰러져 있었다. 소량이 놀란 얼굴로 대뜸 연호진의 손목을 잡아갔다.

천만다행히 칠공에서 피를 흘렸던 것이 거짓말이었던 것처럼 연호진은 멀쩡했다.

"다행이다, 정말 다행이야."

소량이 안도한 듯 고개를 떨어뜨렸다.

소량은 몰랐지만 그것은 도천존 덕택이었다.

연호진을 제자로 삼기로 한 그는 막아두었던 기맥을 풀고 추궁과혈까지 해준 것이다.

워낙 경지에 이른 무인이다 보니 추궁과혈은 보통의 추궁과혈이 아니었다. 오히려 개정대법이라 말해야 좋을 정도였다.

연호진의 머리를 쓰다듬어 주려던 소량이 아픈 듯 신음을 토해냈다.

"으윽."

사지육신 아프지 않은 곳이 없다. 아무리 작은 상처라고는 하지만 전신에 구멍이 뚫렸었던 소량이었다. 개중 몇몇 상처는 뼈를 스쳐 지나갔고, 자상 역시 셀 수도 없이 많았다.

신음을 들은 연호진이 졸린 듯 눈을 비볐다.

"형아?"

소량과 시선이 마주친 연호진이 멍하니 중얼거렸다. 곧 연호진의 눈에 눈물이 그렁그렁 차올랐다. 너무 미안해서 연호진은 더 이상 소량의 눈을 바라볼 수 없었다.

소량이 아파하면서도 환하게 미소를 지어 보였다.

"아야야… 그래, 나다."

아직 상황이 어찌 된 것인지는 모르겠지만, 연호진이 무사하니 참으로 다행인 일이다. 소량은 잘 올라가지도 않는 팔을 들어 연호진의 머리를 쓰다듬었다.

"이제는 형이라고 잘 부르는구나."

"형아, 미안."

고개를 숙인 연호진의 눈에서 굵은 눈물이 뚝뚝 떨어졌다. 연호진은 고사리 같은 손으로 이불자락을 꼬옥 움켜쥐었다.

"미안하긴 무어가 미안하냐? 신경 쓸 것 없다."

"흑, 흑흑."

연호진이 손등으로 눈물을 훔쳤다. 소량이 장난스레 웃으며 고개를 숙여 그런 연호진의 눈을 바라보았다.

"세상에 남을 돕는 사람이 있기는 있다고 했지?"

"으아앙!"

흐느끼던 연호진이 참지 못하고 소량의 품에 안겼다. 소량이 아파죽겠다는 얼굴로 엄살을 부렸다.

아니, 실제로 죽을 정도로 아팠다.

"좀 물러나라, 이 녀석아. 겨우 건진 목숨 너 때문에 잃게 생겼구나."

연호진이 화들짝 놀라며 뒤로 물러났다. 진신에서 느껴지는 통증 때문에 오만상을 찌푸렸던 소량이 히, 웃음을 지었다.

연호진의 입가에도 울음 대신 미소가 걸렸다.

소량과 연호진이 마주 보며 킥킥댔다.

그 소리를 들었음일까?

의원이 허겁지겁 달려오는 소리가 들려오는가 싶더니 이내 문이 벌컥 열렸다. 할머니와 비슷한 연세일 법한 늙은 의원이 놀란 듯 눈을 부릅떴다.

그가 아무 말도 하지 않자 소량이 작게 목례해 보였다.

"저는 무창 사람으로 성은 진가요, 이름은 소량이라고 합니다. 저를 치료해 주신 의원분이신지요?"

"곽호태(廓浩台)일세. 이렇게 일찍 깨어날 줄은 미처 몰랐구먼."

곽호태가 천천히 소량에게 다가와 맥문을 짚어보았다.

아직까지는 맥이 희미했지만, 균등하게 뛰는 것이 큰 이상은 없어 보인다.

"정종(正宗)의 심공을 익혔나 보이."

"예?"

"내상의 치유가 빨라도 너무 빨라. 무인들을 치료해 본 적이 적지 않은데 이렇게 빨리 회복되는 사람은 처음 보네."

사실 살아 있는 것 자체가 신기한 일이다. 이십여 일 전만 해도 소량은 산송장과 다름이 없었다. 곽호태는 대라신선이 온다 해도 살리지 못할 것이라는 말까지 했었다.

"어디 상처도 좀 보세."

곽호태가 소량의 소매를 걷어 올렸다. 동그란 모양으로 움푹 파여 버린 상처들이 보였다.

그래도 처음처럼 속살이 보일 정도로 깊진 않았다.

"외상의 치유도 빨라. 아마 도천존께서 주신 금창약 덕택일 걸세. 효과가 너무 좋기에 알아보았더니 생사신의께서 만드신 것이라더군."

"도천존께서……."

"모르셨는가? 그분은 아직도 이 운해무관에 계신다네."

소량의 자상까지 모두 훑어본 곽호태가 '세 시진 후에 붕대를 갈아줌세'라고 말하고는 천천히 몸을 돌렸다.

"도천존께서 아직 이곳에 계신다는 말씀은 무슨 뜻입니까? 설마 아직도 이 아이를 노리는 것입니까?"

소량이 걱정스러운 얼굴로 연호진의 어깨를 감싸 안았다. 밖으로 나가려던 곽호태가 물끄러미 소량을 바라보았다.

"아무것도 기억하지 못하는 모양이로군. 마지막 기억은 어디까지인가?"

"도천존께서… 이 아이의 이름을 여쭈셨습니다."

소량이 기억을 더듬으며 말했다.

안개를 보고 모든 것을 포기했을 무렵 도천존이 무어라고 말했던 것도 같은데, 그 내용은 기억나지 않았다.

곽호태가 작게 한숨을 내쉬었다.

"자네는 도천존의 삼 초식을 받아내었네."

소량이 안도하며 연호진을 돌아보았다.

"다행입니다. 그럼 이 아이는 도천존의 제자가 되었겠군요."

"자네는 자네가 얼마나 대단한 일을 했는지 모르고 있군."

곽호태가 흥미로워하는 얼굴로 소량을 바라보았다.

"검(劍), 도(刀), 창(槍)."

갑자기 그게 무슨 소리일까?

소량이 의아한 얼굴로 고개를 갸웃했다.

"각각의 길에서 무극에 오른 이들이 있네. 삼무신(三武神) 삼천존(三天尊) 등의 이름으로 알려져 있지. 단천화, 단 대협께서는 그중 한 분일세."

"삼천존……."

"도천존 단 대협의 삼 초식에는 그가 익혀온 무학의 정화가 깃들어 있다네. 그것을 받아내고도 살아남았다는 것은 곧 그의 무학에 대적할 수 있다는 증거거니와, 그와 같은 경지에 오를 수 있다는 보증이기도 하다네. 이해했는가? 자네는 전 강호의 주목을 받게 되었단 말일세."

무림에 대해 아는 것이라고는 자신이 치유해 준 무인에게 들은 이야기밖에 없는 곽호태가 아는 것만 해도 이 정도였다.

강호의 무인들은 훨씬 더 많은 생각을 가지고 있으리라.

"굳이 명성을 널리 알리고픈 생각은 없습니다. 강호의 일에 연관되고 싶은 마음도 없고요. 실은 제게 조모님이 계신데, 그분을 찾으면 고향으로 돌아가 하던 일을 계속하려 합니다."

소량이 연호진의 머리를 쓰다듬으며 말했다.

"하던 일?"

"예, 본래 목공입니다."

곽호태가 크게 웃음을 터뜨렸다.

"하하하! 목공이라?"

소량이 왜 웃는지 몰라 떨떠름한 표정을 짓자, 곽호태는 무례를 저지르려던 것이 아니라는 뜻으로 고개를 저었다. 하지만 입가에는 여전히 웃음이 걸려 있었다.

"자네는 참 재미있는 사람이로군. 내가 치료해 본 무인 중에 제일일세. 기다리고 있게나, 탕약을 끓여올 터이니."

곽호태가 껄껄 웃으며 걸음을 옮겼다.

"아 참. 기억이 거기까지라면 그 이후에 도천존께서 하신 말씀도 모르겠구먼."

"예? 도천존께서 다른 말씀도 하셨습니까?"

"자네에게 하늘 끝에 오를 자격이 있다고 하더군."

하늘 끝?

소량이 고개를 갸웃했다.

설마 진짜 하늘의 끝에 오르라는 뜻은 아닐 터. 무언가를 상징하는 것 같은데 도무지 짐작이 가지 않는다.

"나 역시 하늘 끝이 무엇을 의미하는지는 모르겠지만 자네에게는 무슨 자격이든 다 있을 것 같은 생각이 들어."

곽호태가 그렇게 중얼거리고는 문밖을 나섰다.

第十章
무슨 관계냐?

그로부터 보름의 시간이 흘렀다.

소량에게는 그야말로 정신없는 나날들이었다. 가장 먼저 운해무관의 관주라는 사람과 그 아버지가 찾아왔다.

운해추룡이라는 별호를 가진 노인은 연신 '장강의 앞물결은 뒷물결에 물러나게 마련이라더니!' 라고 한탄하면서도 소랑만 보면 좋아서 어쩔 줄을 몰랐다.

'자네와 같은 협객은 처음 보았네' 라는 말이 어찌나 민망하던지 쥐구멍이 있다면 숨어들어 가고 싶을 정도였다. 나중에 운해추룡이 오면 소량은 아픈 척 거짓말까지 해야 했다.

그 외에도 수많은 무인들이 찾아왔다. 도천존의 삼 초식을 받아낸 영웅과 교분을 나누고 싶다며 찾아온 사람도 있었고 다 낫거든 비무를 해보자는 사람도 있었다.

어느 쪽이든 소량에게는 달갑지 않은 일이었다. 소량은 할머니를 찾으면 강호를 떠날 생각이었고, 그래서 이 모든 관심들이 두렵기만 했다.

"하하하! 이거 재미있구먼! 도천존의 삼 초식을 받아낸 영웅이 방 밖으로 나갈 수도 없는 처지라니."

"너무 놀리지 마십시오."

소량이 어두운 얼굴로 한숨을 내쉬자 곽호태의 웃음이 더욱더 짙어졌다. 곽호태는 호기롭게 소량의 어깨를 두드렸다.

"자, 이제 다 같았네."

"아우, 아픕니다."

"외상이 눈 깜짝할 사이에 나았어. 본래대로라면 일 년은 족히 누워 있었어야 할 병이었는데. 아니, 애초에 자네는 이미 죽었어야 할 사람이었지? 다 낫거든 어디 가서 불공이라도 드리게."

깨끗한 붕대로 상처를 감싼 소량이 피식 실소를 머금었다.

곽호태는 참으로 수다분한 사람이었다. 다른 이들처럼 무작정 감탄을 하지도 않고 그렇다고 질시의 눈빛으로 보지도 않는다.

며칠간 수많은 사람을 보다 보니 곽호태가 더더욱 특별하게 느껴졌다.

"참, 아진이 요즘 보이지 않습니다."

"도천존께서 잠시 데려가셨다네. 제 스승인데도 따라가지 않겠다고 울더구먼. 강호의 무인들이 얼마나 기가 막힌 표정으로 그 광경을 바라봤는지 자네는 아마 모를 걸세."

기가 막히기도 막혔거니와 미칠 듯이 부러웠다.

천하의 도천존을 사사할 수만 있다면 목숨이라도 바칠 무인이 한두 명이 아닌데, 연호진은 그 복을 제 발로 걷어차며 울어대고 있었던 것이다.

소량이 씁쓸한 표정으로 미소를 지었다.

"그렇군요. 떠나기 전에 인사를 하고 싶었는데."

"떠나기 전?"

소량이 아차 하고는 입을 꾹 다물었다.

짐을 챙기던 곽호태가 눈썹을 치켜뜨며 소량을 보다가 고개를 절레절레 저었다.

그는 소량에게로 다가와 어깨의 상처를 쿡 찔렀다.

"으읍."

소량이 이를 악물며 신음을 토해냈다.

"이런데 어딜 떠나?"

"하지만… 가야 할 곳이 있습니다."

할머니를 찾으러 가는 길이 벌써 한 달이 넘게 지체되어 있었다. 아예 걷지조차 못했던 한 달 전과 달리, 지금은 통증이 있긴 하지만 운신에 제약이 없다.

이만하면 멀쩡하니 운해무관을 떠날 셈이었다.

"급한 일인가?"

소량이 심각한 얼굴로 고개를 끄덕였다.

그 말이 진심인지 아닌지 가늠해 보려는 사람처럼 물끄러미 소량을 바라보던 곽호태가 눈썹을 꿈틀댔다.

"말리기도 어렵겠군. 만약 떠나려거든 밤이 되거든 가게. 내 약초를 준비해 둘 테니."

"그렇지 않아도 밤에 떠날 생각이었습니다."

소량의 대답에 곽호태가 미간을 찌푸렸다.

"도망칠 생각이었나?"

"사람들을 만나자니 면구스럽기만 해서요."

소량이 어수룩하게 뒷머리를 긁적이며 말하자 곽호태가 껄껄 웃음을 터뜨렸다.

남들은 죽어서라도 가지고 싶어하는 명예가 귀찮아 밤을 도와 떠나겠단다.

"하하하! 내가 만난 무인 중 가장 재미있는 사람이 자네라고 말했었던가?"

"예, 처음 뵈었을 때에 그런 말씀을 하셨었습니다."

"나중에 다시 만났을 때에도 같은 소리를 할 수 있었으면 좋겠군."

짐을 다 챙겼는지, 곽호태가 침이 든 통과 보따리 하나를 들어 올렸다. 그리고는 한참 동안 물끄러미 소량을 바라보다가 조그마한 목소리로 물었다.

"그렇다면, 이게 우리의 이별일 테지?"

"예……."

"잘 가게."

소량에게서 시선을 떼지 못하던 곽호태가 짧게 인사를 남기고는 몸을 돌렸다. 그리고 성큼성큼 방을 나서는데 단 한 번도 뒤돌아보지 않았다.

무어라 말하려던 소량이 입을 다물고는 그 뒤에 대고 읍하여 보였다.

곽호태의 걸음 소리가 사라지자, 소량은 길게 숨을 토해내며 침상에 벌렁 드러누웠다. 이제 곧 이곳을 떠나야 한다고 생각하니 마음속에 여러 가지 생각이 떠놀았다.

'아진, 말도 없이 먼저 떠나게 되었구나.'

문득 연호진과 했던 약속이 떠올랐다. 연호진을 한양까지 데려다 주기로 약속했었다. 연호진의 동생, 연희명의 무덤에 함께 가서 노리개와 당과를 넣어주기로 했다.

'지금은 어쩔 수 없이 떠나지만… 나중에라도 그 약속, 꼭 지키마.'

그때의 연호진은 어쩌면 소량보다도 더욱 고강한 무인이 되어 있을지도 모른다. 할머니에 비견할 만큼의 절대고수인 도천존의 제자가 되었으니까 말이다.

상념은 도천존에게로 이어졌다.

'마지막 초식, 안개. 도대체 도천존은 어떻게 자연 속에 녹아들 수 있었을까?'

상상하는 것만으로도 등골이 오싹해졌다. 소량은 잠시 손을 들어 그때의 안개처럼 구불구불한 곡선을 그려보았다.

'생각해 보면 첫 번째 초식부터 마찬가지였다. 거기서 살아남은 것은 정말로 하늘이 도왔다고밖에 말할 수 없어.'

도강이 구불구불 따라오는데, 그 흡인력 때문에라도 피할 수가 없다. 그만한 무위를 뽐내려면 도대체 얼마나 많은 수련을 해야 할까.

소량은 눈을 지그시 감아버렸다.

엄밀히 따지면, 소량은 도천존의 삼 초식을 받아낸 것이 아니었다. 첫 번째 초식을 흘려내려 했지만 실패했고, 결국 크나큰 내상을 입고 말았다.

두 번째 초식은 그냥 몸으로 맞아버렸다. 도환을 베어낸 것만으로도 놀라운 일이라 할 수 있겠으나, 그것은 어디까지나 도천존의 함정일 뿐이었다.

'음양이 갈마드는 것을 도라 하는데, 인으로 드러나고 용 속에 숨는다.'

소량은 그와 같은 구절을 중얼거리며 천천히 눈을 떴다. 다시 손을 들어 올리고 기운을 불어넣은 소량은 천천히 기운을 내부로 갈무리해 보았다.

"큭!"

갑자기 속이 울렁거리기 시작했다. 아직 다 가라앉지 않은 기혈이 갑작스러운 자극에 놀란 탓이었다. 소량은 거칠게 호흡을 고르며 얼른 기운을 수습했다.

'이것을 깨달으면 태허일기공의 삼단공에 이를 것도 같은데.'

소량은 눈을 가늘게 뜨며 손끝을 노려보았다.

상념은 저녁이 되어가도록 계속되었다. 시비가 저녁 식사를 가지고 찾아왔지만, 소량은 먹는 둥 마는 둥 하며 계속 태허일기공의 법문을 중얼거릴 뿐이었다.

사실 그것은 소량에게도 몹시 이득인 일이었다.

태허일기공의 법문을 중얼거리며 운공을 계속한 덕택에

상처받은 기맥이 조금 더 빠른 속도로 나아가고 있었던 것이다.

"후우—"

법문을 읊조리다 못해 아예 호흡에 빠져들었던 소량이 천천히 눈을 떴다.

'슬슬 시간이 된 것 같은데.'

무관의 시비인 터라 소량이 운기조식하는 것을 알아차린 시비는 아예 방에 들어올 생각도 하지 않았다. 때문에 호롱불이나 촛불이 켜지지 않아 방 안은 어둡기 짝이 없었다.

'진시 말쯤 된 것 같다.'

소량이 자리에서 일어나 창가로 다가갔다. 위로 나무틀을 젖히자, 별빛이 반짝거리는 하늘이 보였다.

소량은 물끄러미 하늘을 바라보다가 침상으로 돌아와 미리 챙겨두었던 짐을 꺼내 들었다.

"하하하."

공교롭게도 처음 집을 떠났을 때처럼 보리쌀 석 줌과 갈아입을 옷 두어 벌이 든 바랑이었다. 불가에서는 인생을 공수래공수거라고 한다더니 과연 그 말이 틀리지 않다.

'아니, 구리돈이 좀 줄어들었으니 손해를 본 셈인가.'

전낭을 열어 남은 돈을 확인해 보던 소량이 시무룩한 표정을 지었다. 그래도 예전에는 은자가 하나 들어 있었는데, 이제는 구리 조각들만 난무한다.

소량이 전부 얼마인가 세어볼 무렵이었다.

쿵—

어디선가 가볍게 무언가가 부딪치는 소리가 났다. 소량의 얼굴이 딱딱하게 굳었다. 소리는 다름 아닌 방 안에서 났다.

같은 소리가 한 번 더 반복되었다. 소량은 그제야 그것이 탁자가 저절로 떠올랐다가 바닥에 내려앉으며 내는 소리라는 것을 깨달았다.

아니, 탁자뿐만이 아니었다. 침상과 문갑, 의자 등도 동시에 떠올랐다가 내려앉는다.

쿵—

'지, 진각을 이렇게도 펼칠 수 있던가?'

소량이 믿을 수 없다는 듯 눈을 부릅떴다. 모든 사물을 움직이되, 한 치 이상 떠오르지 못하게 한다. 다른 방은 건드리지도 않은 채 오직 자신의 방만을 노린다.

심지어 진각을 밟는 곳은 아예 운해무관 밖이었다.

소량은 누가 진각을 밟고 있는지 알 수 있었다.

'도천존.'

소량이 긴장한 듯 침을 꿀꺽 삼켰다.

'나를 부르는 것이로구나.'

소량이 천천히 자리에서 일어났다. 소량이 자꾸 나오지 않자 진각은 아예 소량의 몸마저 뒤흔들려 하고 있었다.

소량은 바랑과 낡은 철검을 챙겨들었다. 도천존의 삼 초식을 받아내다 금이 간 바로 그 철검이었다.

'부른다면, 가리라.'

소량의 신형이 바람처럼 흩어졌다. 기척을 죽이고자 마음을 먹으니 태허일기공의 기운이 답답할 정도로 느리게 회전했다.

운해무관에 머물던 무인들은 대부분 소량의 이동을 눈치채지 못했다. 운해추룡이나 소호검객 같은 노강호들은 어렴풋이 눈치를 챘는데, 소량의 마음을 짐작한 건지 아니면 따로 언질 받은 바가 있었는지 말리려 들지 않았.

운해무관을 나서니 상쾌한 바람이 불어왔다. 발끝으로 전해지는 미세한 진동이 소량을 안내했다. 소량은 운해무관을 돌아 뒤편으로 향한 다음, 앞에 보이는 야트막한 야산으로 향했다.

그렇게 얼마나 산을 올랐을까.

야산 중턱에 작은 공터가 보였다.

소량은 걸음을 멈추고는 거칠게 숨을 골랐다.

"후우, 후우—"

경공을 펼친 지 반 각도 되지 않는데 벌써부터 호흡이 가빠

왔다. 내공의 운용은 가능하지만 아직은 함부로 움직일 때가 아니라는 뜻이었다.

소량은 호흡을 완전히 고른 후에야 천천히 공터에 진입했다.

공터에는 도천존 단천화가 뒷짐을 지고 서 있었다. 그 옆에서 불안한 표정으로 쪼그려 앉아 흙장난을 하던 연호진이 소량을 발견하고는 벌떡 자리에서 일어났다.

"형아!"

연호진이 와락 안겨들자 소량은 그의 머리를 쓰다듬어 주었다. 그리고는 곧 정중하게 서서 장읍하였다.

"부르신 것 같아 찾아왔습니다."

도천존이 천천히 몸을 돌려 소량을 바라보았다.

그가 아무 일도 하지 않았는데도 공연히 심장이 옥죄는 느낌이 들었다. 새하얀 눈동자를 바라보자 숨이 턱턱 막혀왔다.

"그동안 연호진을 데리고 무엇을 하셨습니까?"

"몸을 만들었다."

연호진의 내상은 도천존이 금방 치료할 수 있었지만, 그동안 살아오며 생긴 문제들은 치료할 수 없었다.

최근 잘 먹어 그나마 나아졌지만, 아이는 오랫동안 굶은 까닭에 몹시 허약했던 것이다.

도천존은 연호진에게 하루에 세 번 추궁과혈을 펼쳐야 했다.

"그러셨군요."

"이제 입문할 준비가 끝났으니 배사지례를 치를 생각이다."

"그 때문에 저를 부르신 것입니까?"

도천존이 천천히 고개를 끄덕였다.

"형아, 나는 저 할아버지와 가기 싫어요. 나도 데려가요."

연호진은 소량의 품에 얼굴을 비비며 애절하게 말했다.

소량이 쓴웃음을 지으며 무릎을 꿇은 다음, 연호진의 눈을 바라보았다.

"아진."

연호진이 물기 어린 눈을 끔뻑였다.

"저분을 따라가거라."

"형아!"

"삼 초식을 받아낸 대가로 너를 제자로 삼으신 것을 보면 허언을 하실 분은 아니다. 스승으로 모시면 훌륭한 것을 가르침 받을 수 있을 게다. 때때로 저분이 꾸중을 하시더라도 참아야 한다. 옛말에 이르기를 스승은 아버지와 같다 했다."

말을 마친 소량이 아차 싶었는지 얼른 부연했다. 연호진에게 아버지의 이름은 악몽과도 같은 이름인 것이다.

"나보다 더 잘 돌봐주실 거라는 뜻이다."

"형아……."

연호진이 훌쩍훌쩍 울기 시작했다. 연호진도 어느 정도는 소량과의 이별을 생각하고 있었다. 그간 도천존에게 강호의 사승에 관해 들어왔던 것이다.

사실 연호진은 도천존이 나쁜 사람이 아닐지도 모른다고 생각하고 있었다. 얼마 전 형이 보고 싶어서 훌쩍거리는데 도천존이 나타나더니 당과를 한 개 건네주었다.

그 무심한 표정에 어울리지 않게 도천존은 직접 당과를 손에 쥐어주고는 먹는지 안 먹는지 지켜보려는 사람처럼 묵묵히 서 있었다.

"가라."

소량이 연호진의 등을 밀어 보냈다.

연호진이 주춤거리더니 도천존의 앞에 가서 섰다.

도천존이 투명한 눈으로 연호진을 바라보며 준엄하게 말했다.

"먼저 천지사방에 절하여 고하거라."

이미 절차를 들은 바가 있었던지, 연호진은 울적한 얼굴로 동서남북을 향해 삼배씩을 올렸다. 그리고는 나름대로 목청을 돋워 크게 외친다.

"제자 연호진이 도천존 단 대협을 만나 스승으로 섬기고자 합니다! 아버지처럼 모시고 성심껏 배우겠사오니 혹여 약속을 어기거든 천벌을 내려주시옵소서!"

도천존이 고개를 두어 번 끄덕이고는 말하였다.

"구배하라!"

연호진이 잠시 주춤거리며 소량을 바라보았다. 소량이 눈을 슬며시 감으며 고개를 두어 번 끄덕이자, 연호진은 그제야 엎드려 아홉 번을 절하였다.

도천존이 마지막으로 품에서 옥패를 꺼내어 바위에 올려놓았다.

"네게는 사모님이 되는 분이시다. 삼배하라."

이것만은 연호진도 사전에 듣지 못하였는지 의아한 표정이었다.

연호진은 소량을 돌아보았고, 소량은 이것도 시키는 대로 하라는 듯 고개를 끄덕였다.

물론 소량의 표정도 의아하긴 마찬가지였지만 말이다.

연호진이 삼배를 마치자 도천존이 애틋하게 그것을 어루만졌다.

"아내의 위패 대신이니라······."

본래 도천존은 단 한 번도 정도를 어겨본 적이 없는 무인으로 공명정대하다는 말을 가장 큰 칭찬으로 안고 살았다.

아내와 헤어져 오래도록 만나지 못했을 때에도 그는 무인으로서 크게 칭송받았다.

십육 년 전에 다시 만난 아내는 일 년의 생을 영위한 후 목숨을 잃었다.

고작 일 년.

사십 년을 찾은 끝에 겨우 만났는데 고작 일 년의 시간을 함께 했을 뿐이었다. 그때 도천존이 무슨 생각을 했는지는 강호의 그 누구도 알지 못했다.

그 이후로, 도천존은 아내가 옥패에 직접 새겨준 비급을 위패로 삼아 사당에 모셨다. 그것을 건드린 자는 이유를 불문하고 반드시 죽였다. 어차피 탐욕에 취해 비급을 노리던 무인들뿐이었으므로 죽이는 데에는 일말의 죄책감도 느끼지 못했나.

비급이 아이의 손에 있을 줄은 그 역시도 상상치 못했다.

아내에게 맹세했던 대로 아이마저도 죽이려 했으나, 그는 소량을 만나고 말았다. 젊었던 자신과도 닮은 소량을.

"……."

도천존이 위패를 품에 갈무리했다. 연호진을 물끄러미 바라보던 도천존이 나직한 목소리로 말하였다.

"배사지례는 네가 먼저 치렀으나 너는 나의 셋째 제자가 된다. 첫째는 이미 귀천했다. 둘째는 네 옆에 있구나."

도천존의 말을 이해 못한 연호진이 고개를 갸웃했다.

하지만 소량의 눈은 크게 벌어지고 있었다.

"안개를 보았다고 했었지?"

도천존이 소량을 바라보며 물었다. 소량은 아무런 대답도 하지 못했다. 갑자기 이게 어떻게 된 일인지 알 수가 없었던 것이다.

"나의 무학의 정수를 보았으니 너는 나의 제자다."

도대체 그 안개에 어떤 비밀이 숨겨져 있는 것일까! 도천존은 그것을 보았다는 이유만으로 소량을 제자로 여기고 있었다.

"다만 배사를 시키지 않은 것은 네게 이미 선사가 계시기 때문이다."

소량의 눈이 점점 더 커졌다.

'호, 혹시 할머니를 말하는 것인가?'

만약 그렇다면 베일에 감춰져 있던 할머니의 정체를 알 수 있게 된다.

소량의 가슴이 흥분으로 인해 두근두근 뛰기 시작했다.

그러나 도천존의 입에서 나온 이름은 할머니가 아니었다. 소량도, 당금 강호의 무인들도 알지 못하지만 한때 고금제일인(古今第一人)이라고까지 불렸던 사람이 있었다.

표정이 없던 도천존의 눈에 이상한 감회가 스쳐 지나갔다.
"너는 검신(劍神) 진소월과는 무슨 관계냐?"
도천존이 묵직한 목소리로 질문했다.

『천애협로』 3권에 계속…

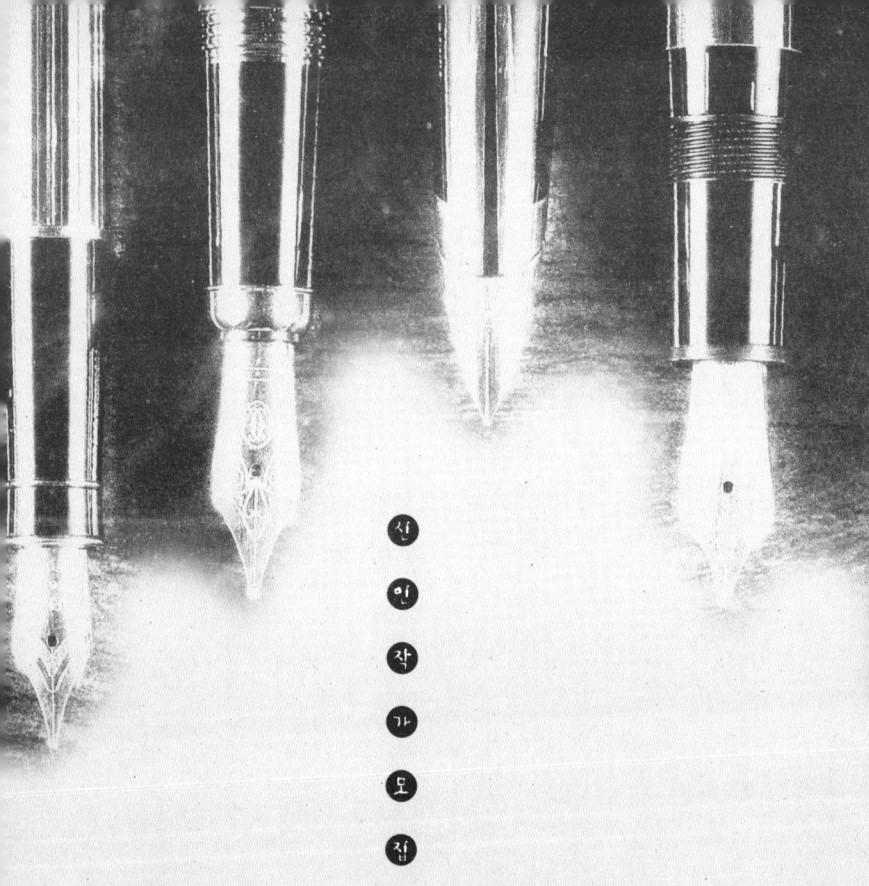

신
인
작
가
도
집

**시작이 반이라고 했습니다.
작가의 길에 대한 보이지 않는 벽을 과감히 깨뜨리십시오!
청어람은 작가 지망생 여러분들의
멋진 방향타가 되어드리겠습니다.**

저희 도서출판 청어람에서는
소설 신인 작가분들을 모집합니다.
판타지와 무협을 사랑하시는 분들의 많은 참여를 바랍니다.
소정의 원고(A4용지 150매)를 메일이나 우편으로 보내주시면
검토 후 출판 여부를 알려드리겠습니다.

주소:경기도 부천시 원미구 심곡2동 163-2 서경B/D 2F 우편번호 420-822
TEL:032-656-4452 · **FAX**:032-656-4453
http://**www.chungeoram.com**
e-mail:chungeoram@chungeoram.com

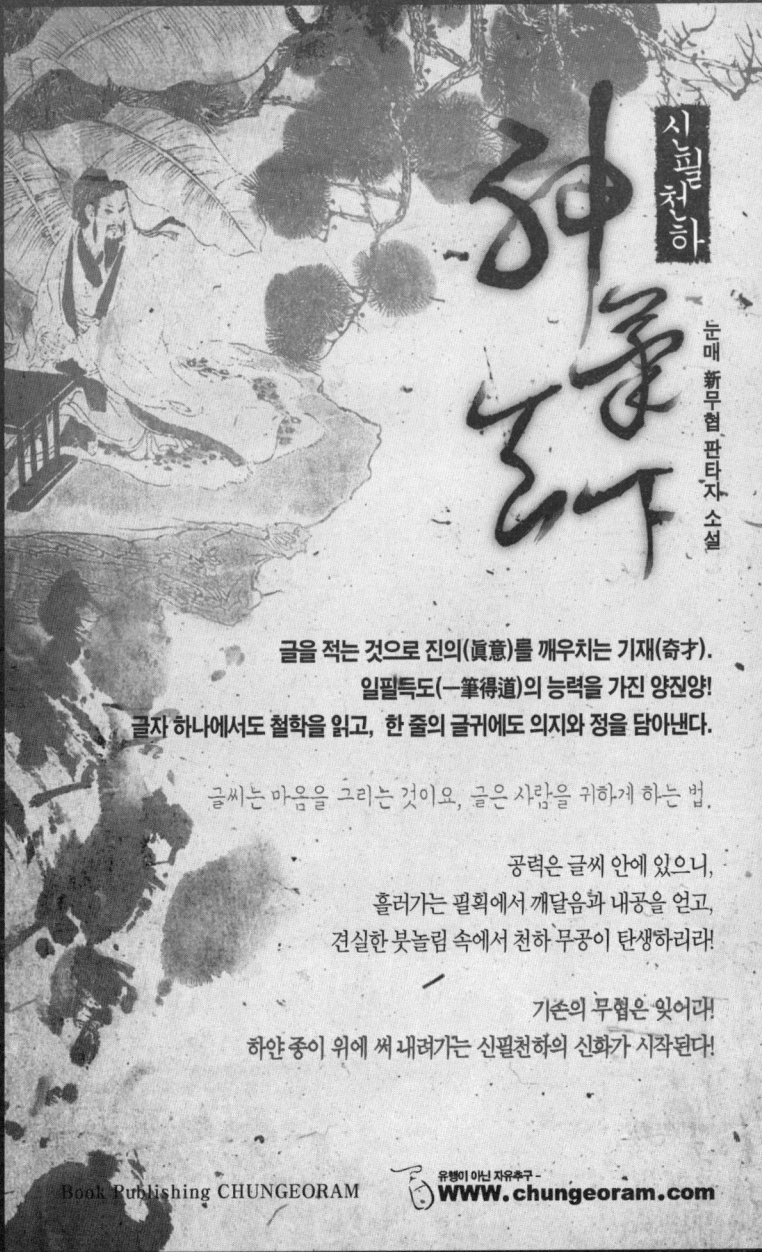

秘訣潛龍

비룡잠호

오채지 新무협 판타지 소설

『백가쟁패』, 『혈기수라』의 작가 오채지가 돌아왔다!
그가 선사하는 무림기!

비룡잠호!

야만의 전사 오백으로 일만 마병을 쓰러뜨리고
홀연히 사라진 희대의 잠룡(潛龍).
그가 십 년의 은거를 깨고 강호로 나오다.

"나를 불러낸 건 실수야."

**이가 갈리고 치가 떨리는
경험을 만들어주겠다!**

Book Publishing CHUNGEORAM

유행이 아닌 자유추구 -
WWW.chungeoram.com

秘龍潛痛
비룡잠호

오채지 新무협 판타지 소설

『백가쟁패』, 『혈기수라』의 작가 오채지가 돌아왔다!
그가 선사하는 무림기!

비룡잠호!

야만의 전사 오백으로 일만 마병을 쓰러뜨리고
홀연히 사라진 희대의 잠룡(潛龍).
그가 십 년의 은거를 깨고 강호로 나오다.

"나를 불러낸 건 실수야."

이가 갈리고 치가 떨리는
경험을 만들어주겠다!

Book Publishing CHUNGEORAM

유행이 아닌 자유추구 -
WWW.chungeoram.com

장강삼협
長江三峽

조돈형 新무협 판타지 소설

『궁귀검신』, 『마도십병』, 『운룡쟁천』의
작가 **조돈형**
그가 장강의 사나이들과 함께 돌아왔다!

굽이쳐 흐르는 거대한 장강의 흐름 속에서
선혈처럼 피어나 유성처럼 지는 사내들의 향취!

장강삼협(長江三峽)!

하늘 아래 누구보다 올곧았던 아버지의 시신을 이끌고
고향으로 돌아온 유대웅을 기다리고 있던 것은
천오백 년의 시공을 뛰어넘은 패왕(霸王)의 무(武)와 검(劍)!

패왕칠검(霸王七劍)과 팔뢰진천(八雷振天)의 무위 아래
천하제일검(天下第一劍)으로 우뚝 설 한 소년의 일대기!

장강의 수류는 대륙을 가로질러
이윽고 역사가 된다!

Book Publishing CHUNGEORAM
www.chungeoram.com

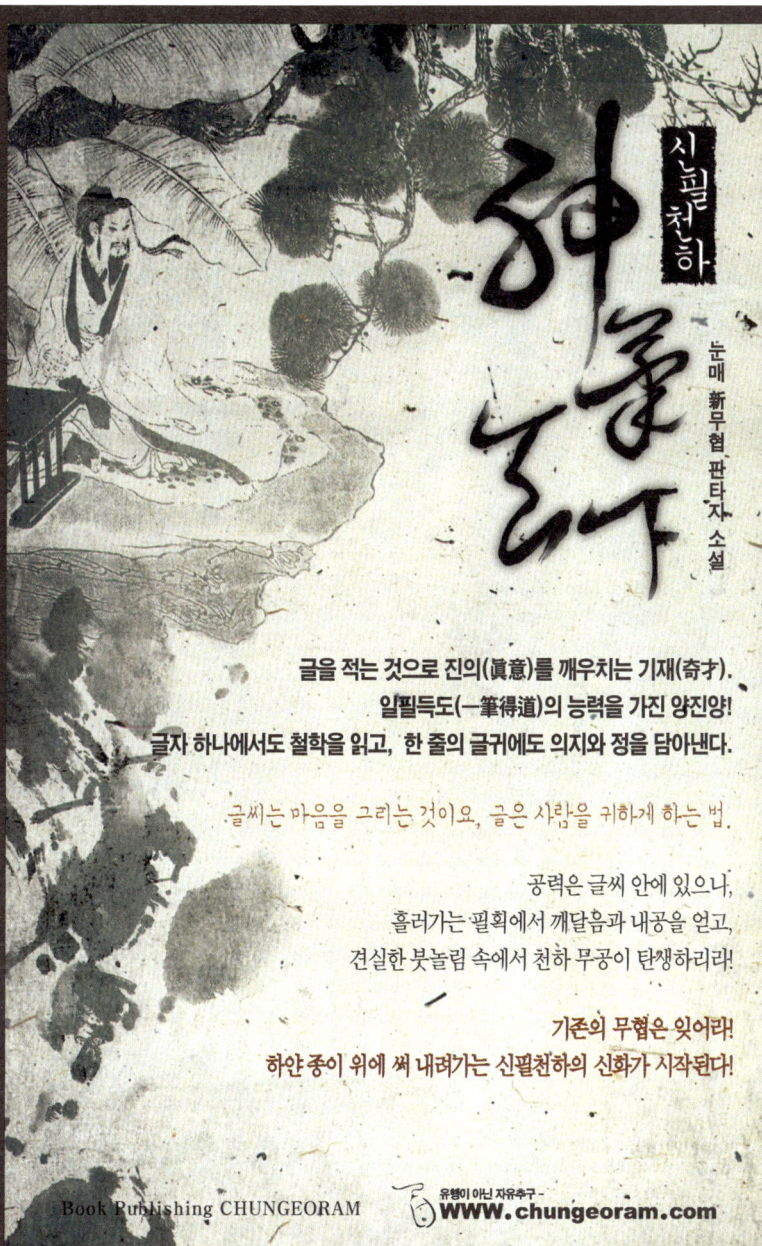

김현석 현대 판타지 소설

전능의 팔찌

THE OMNIPOTENT BRACELET

「신화창조」의 작가 김현석이 그려내는
새로운 판타지 세상이 현대에 도래한다!

삼류대학 수학과 출신, 김현수
낙하산을 타고 국내 굴지의 대기업 천지건설(주)에 입사하다!

상사의 등살에 못 견뎌 떠난 산행에서, 대마법사 멀린과의 인연이 이어지고......

어떻게 잡은 직장인데 그만둘 수 있으랴!

전능의 팔찌가 현수를 승승장구의 길로 이끈다!

통쾌함과 즐거움을 버무린 색다른 재미!
지.구.유.일.의 마법사 김현수의 성공신화 창조기!

Book Publishing CHUNGEORAM

유행이 아닌 자유추구
WWW.chungeoram.com